致青春 118

# 悍夫

## （中）

咬春餅　著

高寶書版集團

# 目錄
CONTENTS

# 第十一章　九十九分男友

陸悍驍走後，周喬斟酌許久，她發現剛才所說竟不全然出於衝動。除去這個男人威逼利誘、半瘋半傻的追人方式，從感情最本真出發，自己對他是有好感的。

他像一個小太陽，雖然有時能把人曬得半死，但更多時候，還是給人溫暖。

也許試一試，也沒有想像中的那麼難。

周喬意識清晰後，覺得心裡的花已經開了一半。

她陡然鬆口氣，心情頗好地進屋複習，到了下午四點，周喬對午覺剛醒的齊阿姨說：「齊阿姨，我出去一趟，去書店買點參考書。」

齊阿姨小心囑咐，「好的，我做好飯等妳回來，路上注意安全啊！」

這個時間的太陽還是挺熱火，周喬撐著遮陽傘，搭公車坐了三站去書店。

等她買完出來是一個小時後，周喬看看時間，想著到家陸悍驍應該也下班回來了。這裡周邊有兩間高中，所以小吃店特別多，周喬選了個招牌最可愛的，進去買了一杯手搖飲料給陸悍驍。

她拎著去坐公車，從沒有哪次像現在，盼望著回家見到他。

公車站人多，周喬站在靠邊的位置，突然響起一陣汽車喇叭聲。周喬聞聲抬頭，在看到來人時，好心情瞬間戛然而止。

周正安坐在賓士車裡，滑下車窗對她滿臉笑容，「喬喬！爸爸正準備去你們那呢，太好了，快上車吧，爸爸先帶妳去吃飯。」

周喬目光一掠，停在從周正安身邊探出腦袋的人身上。一個年輕貌美的女人，面容嫵媚，禮貌地對她笑著點了下頭。

就近的一家西餐廳，這個時間客源滿座。

三個人坐在靠窗的四人位前，周正安和年輕女子坐一排，周喬在他們對面。

父女兩人隔空相對，也不知是多了一個嬌豔角色，還是本身存在代溝，氣氛一度尷尬。

周正安不到五十，十分講究，背頭梳得一絲不苟，他貌似親密地推過菜單，「來，喬喬點妳愛吃的。」

周喬順從地接過，低頭看了半天一個字也沒看進去。

周正安笑了兩下，僵硬地暖場，「先上條紅燒魚吧，妳愛吃魚。」

周喬索性推回菜單，「嗯。」

周正安身邊的年輕女子，十分搶戲地拉了拉他的衣袖，嬌嗔道：「我不能吃辣的。」

她頗精巧地用餘光瞄了瞄周喬，發現她在看，就不動聲色地挺了挺自己微隆的肚子。

周喬淡淡移眼，看向周正安，「隨便點一些吧，我不是太餓。」

「不能隨便，爸爸特地來看妳的。」周正安手腕上的金錶特別閃，他豪氣地點了八道菜，催促服務生，「快點上菜啊。」

弄完這一事，空氣又沉默了。

周正安終於進入正題，「喬喬，在陸哥這裡住得還習慣吧？」

周喬沒說話，敷衍地點了下頭。

「陸哥是個厲害角色，生意做得大，生活條件肯定不會差，只是啊，終究是別人家，住得也不方便，再說呢，妳又是個女孩子。」

周正安端起茶杯，喝了口水。

「爸爸之前一直特別忙，沒辦法，一大家子要照顧，男人不累一點怎麼行。喬喬妳很懂事，一定能理解我的苦衷。」周正安嘴皮子上下張闔，「妳媽媽啊，就是個暴脾氣，幹事衝動，有些話，妳也要自己分辨。」

周正安停了停，放下茶杯，笑容堆臉，「爸爸幫妳找了熟人，妳考上這個學校肯定沒問題，別聽妳媽的，在哪裡複習不好，非得跑這麼遠，聽爸的，跟我回去，我們不住家裡。」

他壓低了聲音，討好道：「爸爸幫妳弄了個房子，裝潢弄得很好看。妳就住那，安安心心複習。」

「等一下呢，我們就去陸哥那道個謝，再收拾收拾回自己家。」周正安滿意地陳述自己的計畫安排，滔滔不絕。

他身邊的年輕女人，在聽到「幫妳弄了個房子」這句話後，臉色顯而易見地往下沉。克制不住地打周正安的手臂。

「去。」周正安略煩地掃開她的手，再慈愛地看向周喬，「陸奶奶和陸爺爺是我的乾爸乾媽，陸哥也算是妳的兄長，打擾這麼久，終歸不合適。」

全程沉默的周喬，起先還能對他的說辭有承受之力，但這一句，瞬間戳穿她的鎧甲以及好不容易搭建起的勇氣。

周正安這一肚子的主意，無非是為接下來的離婚官司做鋪墊。他瞭解金小玉，風風火火特別能鬧事，也不知會拿女兒做出什麼不利的文章。

感情牌誰不會打，一個比一個面具精緻。

菜很快上齊，周正安笑咪咪地夾了一塊魚肉給她，「快吃，吃完我們就去收拾行李。」

一頓飯的時間，周喬寡言不吭一聲，半碗飯也沒動幾口。

周正安神色自若地結完帳，問她：「需不需要打個電話給悍驍？」

周喬臉色極差，沒回答。

「也行，去了再說更有誠意。」

起身走時，年輕女人一直想來挽周正安。

「別亂動。」周正安壓低聲音，不耐煩，「妳下次再先斬後奏偷偷跟來，我要妳好看！」

那女人抱怨喋喋，「你還買了房子給她！」

「閉嘴！」周正安喝斥，聲音更低，「有人告訴我，金小玉弄了我出軌的證詞讓喬喬簽名，到時候法院判了我過錯多，財產就要給那女人一大半！」

周喬跟在後頭，垂手拎著買給陸悍驍的手搖飲料。

周正安沒給她拒絕的時間，開車就往公寓去。

「我靠，齊阿姨，這魚也太難煎了吧。」

廚房裡，陸悍驍繫著圍裙，揮鍋舞鏟手忙腳亂地炒菜。

齊阿姨在一旁指導，也快瘋了，「放水、放水！哎呦不用放鹽了天啊！讓我來吧！」

「不給。」陸悍驍胸有成竹，「我要做一條愛心魚。」

正說著，門鈴響，齊阿姨歡喜道：「一定是喬喬回來了。」

「我去開！」陸悍驍甩下鍋鏟，一日不見如隔三秋，進來先給她一個親親好了。

陸悍驍拉開門，「寶貝妳……」

周喬的身邊站著周正安，他笑著打招呼：「你好，悍驍。」

陸悍驍輕輕掃了他一眼，然後目光都給了周喬，出於禮貌，他讓出路把人請進屋。

周正安沒想太多，三兩下倒豆子似的闡明來意。

最後一個字落音，空氣跟冰封住一樣。

沉默足足一分鐘，陸悍驍才碾碎牙齒一般地開口，「你要帶她走？」

「對對對。」周正安不覺有異，頭頭是道地分析，「我就是來接她的，悍驍啊，這段時間太打擾你了，我們……」

「你把我當收留所了？」陸悍驍冷漠地打斷，要笑不笑地說：「你說打擾就打擾啊？」

「這……」周正安有點搞不清方向。

陸悍驍瞬間著火，一腳踢飛餐桌旁邊的椅子，那椅子實木穩固，十分結實。這下子倒地狂響，可見力氣十足。

「妳答應了？」陸悍驍橫眉冷眼，這句話是對周喬說的。

周喬看向他，下意識地開口，「我……」

「對啊，喬喬也同意的。」周正安毫無意識地火上澆油。

「靠！」陸悍驍暴跳如雷，失去理智地直接對周喬嚷，「妳他媽的到底有沒有心！」

說完，他走去臥室，把門摔得砰砰響，並留下一句——「我要是再對妳死皮賴臉，老子跟妳姓！」

客廳瞬間安靜。

周正安僵硬地站了一下，一肚子氣沒處發，「這、這是什麼態度啊。喬喬，他平時也……」

「你回去吧。」周喬突然開口。

「啊？」

「我不會跟你走的。」

「為什麼？」

「我喜歡他。」

「……」周正安不可置信，「妳、妳說什麼？」

周喬聲音輕，四個字唇齒微碰，又一遍的清晰重複後，周喬得到一記響亮的巴掌。

臥室裡的陸悍驍，全然不知外面發生的一切。他滿身怒火，又氣又心疼。

敲門聲響起的時候，他賭氣不理。連著兩三輪後，動靜沒了，手機響了。

周喬傳來訊息──『腳疼不疼？』

原來她還記得啊，剛才那腳凳子踢得陸悍驍差點想哭，太他媽疼了。

她又傳：『我買了飲料給你。』

周喬站在他房門口，盯著螢幕不敢移眼。

過了一陣子，門鎖「啁嗟」輕響，緩緩敞開一條縫。

陸悍驍還在生氣，只把右手伸出來，其餘的概不見人，丟下硬邦邦的四個字，「飲料給我。」

然而，他等來的是一隻溫柔的手。

周喬主動把他牽住，然後強硬地推開門，兩人面對面，一高一低對視。

陸悍驍很快發現她右臉的紅腫，也就是這麼邪門，這一瞬間，全部的鬱悶通通被憤怒和心疼替代，他咬牙切齒，「他打妳了？」

周喬輕輕「噓」了一聲，示意他別再問。

下一秒，她踮腳環住陸悍驍的脖頸，重重地吻上了他的唇。

在他驚恐茫然的瞳孔裡，周喬心滿意足地閉上眼睛——她心裡開了一半的花，終於完整地綻放了。

被周喬主動了十幾秒，陸悍驍反應過來後，終於懂得了什麼是男人應該主動，原本只是戰戰兢兢試探，現在，他已完全控制情勢。周喬下意識想躲，陸悍驍箍住她不放手，落下來的吻凶悍飆急。

平日觀摩影片理論經驗豐富，如今第一次實踐也不能太丟臉。周喬被他抱得實在大力，費力地把人推開，「你怎麼還學狗了。」

狗這個字，有點傷小陸的心了。他大喘氣，抱著周喬，下巴抵住她的肩，不太要臉地調侃：「狗哪有我服務周到。」

然後鬆開她，轉過身默默挪遠了幾步。

周喬看著陸悍驍的背影，這是生氣了？還是他根本就不想？敏感時刻的猜測跟坐雲霄飛車一樣，周喬有些無措，摳著手指，低頭不語。

陸悍驍穿著家居服，純棉一層薄布料，把他的肩胛撐出銳滑的線條。

周喬抬眼看了看，抿唇說了一句，「我去複習了。」

她的手剛放上門把，陸悍驍就衝過來抱住了她。這力氣大得跟火星撞小喬一樣。

他聲音抖，呼吸喘，覺得自己還需要得到明確的答覆，「妳是正式答應我做我女朋友了嗎？」

周喬感受著他砰砰的心跳，手心覆蓋住他環在腰間的手背上，應道：「嗯。」

「我靠，激動！」陸悍驍把她掰成面對面，「那妳發誓。」

「……」

這是什麼操作？

「我要妳對天發誓，不許反悔！」陸悍驍去扯她的手，「舉起來，高過頭頂，快，對老天承諾妳愛死我了。」

周喬被他拉扯得哭笑不得，「別鬧。」

兩人扭成一團，周喬緊蹭著他的身子，很快，陸悍驍有點受不住地抗議，「妳別總是頂我。」

周喬僵硬。

「我都想打飛機了。」陸悍驍小聲。

周喬臉跟火燒雲一樣，飛快奪門而出。

陸悍驍望著緊閉的門，好半晌才回過神，然後就像身上綁了幾百個跳蛋一樣，在原地瘋狂地彈跳，「答應了！追到了！老子有女人了！」

陸悍驍趴向門板呈壁虎狀，開始陶醉地瞎抖胯。日完門板，他又往床上一摔，撈起手機點開兄弟群組，打下驕傲的字眼——『各位，我有女朋友了。』

很快訊息湧入——

賀燃：『我老婆認識眼科主任，可以幫忙插個隊不用掛號。』

陳清禾：『神經科有熟人嗎？』

陶星來：『天，老男人都有人要了，樓上那位怎麼還沒人回收呢？』

陸悍驍：『傻子傻子傻子。』

陳清禾：『好了好了，我們知道你的名字，不用重複三遍的。』

今天陸大爺心情超好，不與畜生計較。

陸悍驍挑眉，打開手機攝影鏡頭，騷包地拍了一張自拍，然後往群組裡一丟。

『人逢喜事精神爽，陸總心情特別棒。』

陳清禾：『哈哈哈哈。』

賀燃：『老子出道收妖這麼多年，第一次遇見你這麼騷的。』

陶星來更直接了，回傳剛才陸悍驍的自拍照。

『陸陸哥，我幫您做了一下美顏，臉頰上的兩抹胭脂好襯你的膚色哦。』

他媽的，頭上還P了個粉色的蝴蝶結。

陸悍驍捧著手機傻乎乎地笑，然後開始往群組裡送紅包，兩百塊一個，連送三十個，引得這幾人一片讚美。

賀燃：『驍兒，我們就愛你這種沒見過世面的純情模樣。』

陶星來：『是不是談戀愛的都要送紅包？』

陳清禾：『不，是談戀愛的處男必須送。』

陸悍驍笑意更深了，大方地繼續，又是一場土豪雨。

沒多久，賀燃私聊他，竟單獨送過來一個紅包，上面寫了五個字：『祝早日失身』。

我靠，死變態。

陸悍驍看得臉怪紅的，他舔了舔唇，偷偷地下了床。

七點剛過，天色還有些光亮。客廳裡已經收拾乾淨，齊阿姨是個知趣的老寶貝，默默地出去跳廣場舞了。

陸悍驍象徵性地敲了下周喬的房門，然後直接走進去。

周喬在書桌前坐得筆直，黑溜溜的眼睛望著他，頗為緊張道：「怎麼了？」

陸悍驍手上拿了一袋冰，揚了揚，「過來。」

見周喬遲疑了一下，他抬了抬下巴，「要聽男朋友的話哦。」

周喬笑了起來，氣氛瞬間緩和不少。

她順從而為，陸悍驍牽著她坐在床邊，兩人一高一低，陸悍驍動作輕柔地將冰袋放在她微腫的右臉。

涼意撲面，周喬微微擰眉。

陸悍驍：「還疼嗎？」

周喬搖頭，「沒事。」

「要不是看在他是妳爸的份上，我就拿刀出去跟他幹了。」陸悍驍的語氣聽起來不像是開玩笑。

周喬稍稍側頭，更緊地靠著冰塊，「我爸媽他們打離婚官司，心情都不太好，剛才在你這鬧得不好看，對不起。」

「瞎說。」陸悍驍忍不住道：「我要妳的對不起幹什麼？以後不許說這三個字。」

周喬斂眉。

「他們的事他們自己處理，以前我管不著，但現在，誰還想利用妳來做文章，我踢爆他的狗頭。」陸悍驍平靜陳述，語氣較了真。

他一直握著冰塊，用手給她的臉做支撐，敷了一陣子之後，周喬說可以了。

陸悍驍也不動作，大有賴在她房間的意圖。

「我就坐一下，絕對不打擾妳，妳看妳的書。」他嘿嘿嘿。

周喬心裡好笑，隨便他。坐回書桌，她模樣認真地盯著書本。

也不知是這房間太小，還是空氣太悶，多了一個陸悍驍在，周喬根本無法集中注意力。

他坐在她的床上，雖是背對著，但總能感覺灼熱的目光在自己身上遊走，周喬握緊了筆桿，分心分神。

「妳看了十五分鐘，怎麼還是這一頁？」陸悍驍走過來，突然說話。

周喬嚇得把筆一丟，這人走路都沒有聲音的？

陸悍驍純屬撩騷，假惺惺地拿起桌上的本子開始搧風，「怎麼回事，突然這麼熱！」

周喬：「空調開著呀。」

「還是好熱，熱死我了。」陸悍驍越搧越起勁，還用手背印著腦門，「天，一圈男人的汗水呢！」

「……」

請開始你的表演。

「熱啊、熱啊！」陸悍驍解開自己的衣服釦子，一顆、兩顆，喉結往下是鎖骨，一寸寸暴露。

等等，這情況有騷氣！

陸悍驍解釦子的動作可以說是相當嫻熟迅速，他把衣服完全敞開，還把衣服從肩膀上脫下半邊。然後目的性十足地挺了挺腰腹，炫耀起自己的腹肌。

這個心機 boy 太過分了。

周喬往後退，他就往前進，直到退無可退，她憋紅了臉大聲，「陸悍驍！」

陸悍驍停止搧風的動作，沉默幾秒，然後豁出去一般猛地將她抱離地面。

「啊！」周喬失聲尖叫。

陸悍驍把人直接抱到床上，一頭埋了下去，把話敞開了說：「喬喬，我想在妳這睡覺。」

「……」

「不是睡妳，只是睡覺。」

「……」

「就一下，求妳了。」陸悍驍把半邊臉從被子裡露出來，可憐兮兮地望著她，「今天剛轉正也不容易，給點福利好不好？」

方才的無語全部消失，周喬被他撓得心裡一軟，再一次妥協了。

陸悍驍挪出半個床位，然後朝她張開雙手，「要抱。」

「好。給抱。」周喬躺到他旁邊，然後微微側身，手自然而然地環住陸悍驍的腰。

陸悍驍滿足地「嗯」了一聲，看著她，「手能再下去點嗎？下面那兩塊腹肌是我最滿意的，我必須分享給妳。」

周喬笑出聲，調侃他，「你還有什麼是沒炫耀過的？」

陸悍驍：「多的是。」他想了想，有點不好意思，「說出來怕妳打我。」

周喬沒多思，「嗯？」

「我的渾身都是寶，尤其下面的最好。」陸悍驍真情流露。

周喬反應過來，猛地坐直身子，聽完真的想跳開。

陸悍驍憋著笑，愁眉苦臉，「說好陪我睡個覺，不到十秒就逃跑。」

周喬被這陸氏押韻逼的沒了脾氣，只好直接動手了。

「我靠，癢我！」陸悍驍弱點之一就是特別怕癢，此刻縮成一團，笑著直躲。周喬傾身向前，兩人扭成小麻花，不知不覺氣氛改變，她整個人幾乎是抱在在陸悍驍身上。

陸悍驍最先反應過來，話鋒一轉，突然說：「妳喜歡這種姿勢啊，真看不出來啊小喬妹妹。」

周喬一愣，拳頭舉在半空忘記了收回。

陸悍驍好整以暇地把手背在後腦勺枕著，似笑非笑地看著她：「剛開始就這麼刺激，我的妹妹口味挺重啊。」

這人說話永遠不太正經，同時這兩人的情況都挺讓人想入非非。

周喬手忙腳亂地想下來，陸悍驍卻勾住她的手，「都這樣了妳還想幹什麼呢？」

周喬被他刻意放沉的聲音激起一身雞皮疙瘩，此刻的陸悍驍，雖然語氣吊兒郎當，但眼神悄然染色，任憑本能靜悄開闇。

他是個三十歲的男人，有些東西本就缺席了太久。

陸悍驍笑著看著她，然後借著勁力抱住了人，周喬完全不能動作了。

陸悍驍十分騷包地挑了挑眉，佯裝思考，「我們現在像什麼？」

「……」

像男朋友是個死變態。

「啊，我知道了。」陸悍驍的一雙桃花眼勾著往上揚，在她耳邊說了句悄悄話。周喬無語至極，踹他一腳讓他閉嘴閉嘴閉嘴，陸悍驍這個死變態！

周喬受到了言語刺激，反射一般猛地站起，不管不顧地踩著陸悍驍的身體往床下跳。

「啊！天！疼！」陸悍驍神色痛苦，腸子都快被她踩出來了。

周喬跑離三公尺遠，抵著門板防備地看著他。

陸悍驍緩了一下才好，抓了抓頭髮也有點茫然，「對不起，我玩笑開過頭了。」

周喬看著他委屈的模樣，心裡一軟，又跑了過來，捧著陸悍驍的臉迅速在額頭上印了一個吻。然後退了一步，柔聲說：「你乖一點啦。」

陸悍驍一怔，手指下意識地蜷了蜷，一顆燥熱的心竟然神奇地被瞬間撫平。他眨著眼問：「妳在寵我呢？」

周喬抿笑，「嗯。」

陸悍驍也下了床，「女朋友請讓一下。」

周喬奇怪，「幹什麼？」

邊說邊把路讓出來，只見陸悍驍往門邊去，然後「碰」的一下貼在門板上。

「男朋友激動得想日一下門板。」

周喬被他逗得不行，「你又不是泰迪狗！」

「我的英文名叫陸迪。」陸悍驍學狗叫，「汪汪汪。」

周喬一言難盡，這種男朋友可不可以退貨？

陸悍驍稍作收斂，便恢復常態安靜下來。他站在門那，張開雙手，「喬喬，來。」

周喬走近，乖乖地靠近他懷裡。

陸悍驍下巴抵著她的柔軟的頭髮，聲音放緩變沉，「是不是一直覺得哥很不可靠？愛玩、愛貧嘴，看起來不正經？」

周喬坦誠，「之前的印象的確如此。」

「呵呵。」陸悍驍笑了笑，「其實我一直不太在意別人對我的看法，人生就這麼幾十年，我開心最重要。但是喬喬，妳不一樣，有些話我一定要讓妳知道。」

周喬點點頭，聽著他胸口的心跳，「好。」

陸悍驍用手臂圈出一個狹小的空間，以最親密的距離，說最認真的告白。

「哥快三十歲了，打拚過，經歷過，看過那麼多男人女人，輪到自己，卻偏偏活得像個遁入空門的出家人。不是不想有女人，是沒遇到喜歡的。以前哥們問過我，到底喜歡哪種類型？」

陸悍驍說到這裡，低頭輕笑，「當時我沒回答，因為我說不出個所以然。但是現在他們再問——」

周喬心口微動，他的呼吸攀上耳廓，穿針引線打出火苗，轟地一聲直戳心臟。

陸悍驍答得理所當然，「我喜歡的類型，是周喬。」

話落音後，一室安靜。

見半晌沒回應，陸悍驍低了低頭看下去。

周喬已經紅了眼眶。

她枯燥寡淡的人生裡，唯一的燃點只能歸功於父母不和諧的感情，從未有過這樣一個人，樂觀向上，活得像個小太陽，光在一旁靜靜欣賞，就能感受到溫暖。如今被他擁在懷裡，周喬好像也能體會到，原來愛情，也是會發光的呀。

「我會好好照顧妳，做一個九十九分的男朋友。」

周喬哽著聲音，「為什麼是九十九分？」

陸悍驍：「差的那一分，是我為妳永遠在努力的路上。」

周喬再難發聲，一個「嗯」字已經讓她克制不住眼淚，頭一低，地板上就被墜落的淚滴暈開一小圈，像極了發亮的夜明珠。

說了這麼多，陸悍驍也有點緊張了，他深呼吸，握緊她的手，「搞得這麼嚴肅，不是哥的風格。我的心路歷程交代完畢，妳呢，有沒有話對男朋友說？」

周喬穩了穩情緒，剛要開口。

「今天男朋友新上崗，只接受讚美。」陸悍驍又補充道。

他眼神期盼，還咬著下嘴唇無恥賣萌。

周喬從他懷裡出來，往後退了一小步，然後正經地伸出右手，「第一次當女朋友，若有不周到的地方……」

話還沒說完，陸悍驍自然而然地握上她的手，接話道：「男朋友一定會體諒！」

兩個人相視一笑，戀愛談判很洋氣嘛。

算算時間，舞蹈仙子齊阿姨也快回巢了，陸悍驍把衣服扣上，終於成正常人了，「今天心情太好了，等等必須讓齊阿姨跳支舞助興。」

說到長輩，周喬欲言又止。

陸悍驍抬頭一掃，心跟明鏡似的，「放心，我有分寸，一切等妳考完試再做打算。」

等等，什麼打算？

像是看透心思一樣，陸悍驍露出八顆大白牙，「小喬喬，妳怎麼紅臉了？」

「……」

他笑得更深，「知道了知道了，不用不好意思。」

「……」

我哪裡不好意思了。

陸悍驍擰動門把，拉開門，「我允許妳肖想我的戶口名簿。」

天，真的極其不要臉呢！

「好好複習啊！」陸悍驍聲音陰魂不散，「考上了，名字才能上哥的戶口。」

周喬愣了愣，反應過來後，轉身撲到床上一頓猛搥！

月老，求退貨！

# 第十二章　陸・葬愛家族・悍驍

就這樣，兩個人的關係自然而然地確立，齊阿姨也是個聰明寶貝蛋，很機靈，只要這兩位小祖宗不表態，她也當做什麼都不知道，研究她的枸杞燉大鵝，把伙食搞得有聲有色。

陸悍驍和周喬也挺好，不在老人家面前秀恩愛，日常生活該怎麼過就怎麼過。

好在陸悍驍最近工作比較忙，到家總是披星戴月。齊阿姨休息得早，他便抓緊這個時間，跑去騷擾小女友。

「眨眼又是一天過去了，卷子都寫完了嗎？有沒有不會的題目？需不需要陸老師幫妳補習？」

一個星期下來，每晚都是這個開場白。

周喬已經習慣了，坐在書桌前，撐著下巴對他笑意盈盈。

陸悍驍捂著胸口，「這女孩是誰家的啊，也太好看了吧！」

周喬禮尚往來，一臉憂傷，「唉，這誰家的男人啊，是不是籠子沒做結實呢？」

陸悍驍也不惱，身子逼近，霸占她一半的書桌靠坐了上去。

「以前是誰家的不知道，現在，這男人歸周家小女兒管。」

周喬眼睛微彎，被檯燈一襯，像會反光的綢帶。

感動吧，意外吧，騷話特別多吧！

陸悍驍挑眉，靜靜等待接下來的誇獎。

周喬卻指了指桌面，「咦？」

「咦什麼？」

「看起來也不大啊，怎麼這麼占地方呢！」周喬真誠疑惑，雙手張開到最大，比畫道：「你看，桌子被你坐了這麼大一塊地方呢。」

陸悍驍明白過來，鐵著臉，嘴角顫抖，「胡說，我屁股哪有那麼大！」

周喬挪開書本，「不信你自己看，桌子都被你坐沒了。」

陸悍驍跳下來，作勢解皮帶。

周喬：「你幹什麼？」

「為我的屁股平反。」

「行行行，我認錯。」周喬怕了他，伸手從抽屜裡拿出一顆牛奶糖，走到他面前說：「張嘴。」

陸悍驍張開嘴巴，吐出舌頭，往旁邊一歪，兩白眼翻開。

「……」周喬無語，真是無時無刻都要演戲，不演會死的那種。

陸悍驍只覺得嘴裡一甜，「唔，什麼東西啊？」

「甜嗎？」周喬問。

陸悍驍認真地品嚐片刻，然後猛地狂咳，「好苦！是不是過期了，苦死我了。」

「不會吧。」周喬納悶，「我下午也吃過，怎麼會苦呢？」

陸悍驍卻一把抱住她，二話不說低頭吻了下來，一天積攢的躁動恨不得都交付在唇齒相依裡。

周喬雙手摳緊桌沿，這太刺激了。

直到陸悍驍把她鬆開，聽他似笑非笑地在耳朵邊落話，「好了，不苦了。」

周喬低頭，小聲說：「下次不許這樣了。」

「嗯？」

「下次，想親的時候。」周喬抬眼，主動摟住他的脖頸，重新吻了上去。

禮尚往來後，周喬才把他鬆開，「不需要你說出口，我看你的眼睛就能知道。」

濃情蜜意正時候，門口傳來一聲東西掉地上的動靜。

齊阿姨目瞪口呆地站在那，三個人頓時集體沉默。

尷尬。

齊阿姨真的不是故意的，她只是口渴出來喝杯水，誰叫你們不關門！

「嘿嘿嘿。」齊阿姨撓了撓癢癢，「我夢遊呢，夢遊。」然後她兩眼一閉，兩手舉平，瞎子一樣摸回房間。

陸悍驍和周喬對視一眼，互相做了個攤手的動作。

「齊阿姨不會說的。」陸悍驍笑。

「你怎麼知道？」

「她愛我們。」

「這麼自信？」

「做了這麼多年生意，這點眼光還是有。」

陸悍驍往旁邊挪了挪，碰到了桌子，周喬放在上面的電腦螢幕亮起，頁面停在購物網站上。

陸悍驍掃了一眼，「嗯？買包？」

「啊，對，隨便看看。」周喬想去關網頁，晚飯後休息的時候，她逛了一下網拍。

陸悍驍沒再提這事，順手拿起她今天做的試卷，認真看了看，用筆勾了兩題寫錯的選擇題，「基礎概念的延伸還弄錯，真的不應該了。」

周喬湊過腦袋，悔悟道，「是我粗心了。」

「這個應該是你們大三學過的內容，妳把書翻開，背一遍。」

陸悍驍做事時的樣子還是挺精英，周喬老老實實按著要求做，最後，他又出了幾題，看她真的消化了重點，才闔上書本放過人。

「早點休息。」時間不早，陸悍驍起身伸了個懶腰，「開了一天會累死哥了，我先去洗個澡。」

周喬搭著他的肩膀把人往外推，「陸老師你好，陸老師再見。」

陸悍驍轉身，伸出拇指往她額頭上一按，「來，例行點個讚。」

溫存完，陸悍驍還是挺有分寸地回自己的臥室，關門前微微頷首。

「女朋友，明天見。」

第二天，周喬下午去圖書館借閱一些參考書，晚飯就著幾口麵包配著，等她回來已是月上樹梢。

齊阿姨還在廣場上尬舞，陸悍驍加班，家裡只有她一個人。

周喬回房間放東西，一進去，就看到書桌上多了一個方形大禮盒。走近了，發現那盒子上的 Logo 正是她昨晚在購物網站上留戀不捨的那個品牌。

盒子上還有一串筆鋒銳利的炭筆字——『To：周喬』。

打開後，周喬愣住。

錢包、雙肩包、單肩包，都是這個品牌的最新款，而且系列齊全。

裡面還有一張紙條——『妳值得更好的。』

落款：妳男人。

陸悍驍此舉簡直閃閃惹人愛。

周喬拿起新錢包，湊近鼻子聞了聞，標誌性的淡香味十分正點。這個男人今天上班上到一半，蹺班去商場買下她的隨意一瞥，周喬喜歡的，他就喜歡。

這時，她的手機響了，像是心電感應一般，陸悍驍傳來訊息。

『到家了嗎？』

『到了。』

『包包喜歡嗎？』

『很喜歡。』

周喬想了想，又說：『謝謝九十九分男朋友。』

『呵呵，乖。我出公司了，半小時後到家，別睡，等著我。』

周喬看著最後三個字，彷彿自帶溫度，就要鑿出螢幕。她手指輕按——『好，我等你。』

城市另一處，正坐著電梯的陸悍驍捧著手機，笑得眉目飛揚。

和他同乘的機靈祕書朵朵姐，聞到了一絲早戀的味道。她拐著彎地聊天，「陸總，你笑起來特別像一個明星。男的。」

「喲呵，」這話聽著新鮮，陸悍驍側頭，「難不成我還像女的？」

「嗯！那要分情況。」朵姐分析概括抓重點的能力一等一，「您開會的時候，口才了得超像大學教授，您下基層的時候，就像春天的一縷暖風，此刻坐電梯的您，本來就很人中龍鳳，再加上剛才的笑容，我好像看到了仙子降臨我市電梯。」

陸悍驍嗤笑，「還仙子呢，土地公吧？」

朵姐被逗得咯咯笑，「不，是我的衣食父母。」她語氣輕鬆挑開疑問，「陸總今晚心情這麼好，是不是小喬妹妹成績進步了？」

陸悍驍被她猜中了心思，忍不住豎起大拇指，「朵姐，三十萬年薪，妳值得。」

朵姐不客氣地點了下頭，「陸總說值，我就值。」

「對了，我看對街有挺多飲料店，哪家比較好喝？」陸悍驍問。

「檬清，這是店名。」身為精幹祕書的另一個代名詞就是萬事通，朵姐非常自信，「聽我的沒錯。」

陸悍驍又問：「現在流行送什麼禮物？」

「禮物啊？」朵姐突發奇想，「小喬妹妹追星嗎？可以送點簽名照，看演唱會什麼的。」

欸耶，這個主意不錯。

朵姐笑容滿面，「陸總，您和小喬……」

「對。」陸悍驍大方承認，略為得意地說：「妳的衣食『父母』湊齊了。」

到了停車場，上車開到飲料店，陸悍驍買好給周喬的飲料才回公寓。

到家的時候，齊阿姨尬舞未歸，廚房亮著燈。

陸悍驍在玄關處邊換鞋邊嚷，「喬愛妃，怎麼還不來接駕啊？虧朕今天還買了三個美包給妳。」

周喬捧著水杯探出頭，笑得開心，「今天比昨天早八分鐘。」

被人惦記回家的時間，實在是一件驕傲的事。陸悍驍聽得心裡美滋滋，屁顛顛地跑到廚房，「我買了飲料給妳，它是我市第二甜。」

周喬笑著問：「那第一是什麼？」

陸悍驍：「我的吻啊！」

周喬放下水杯，雙手摟住他的脖頸，「不對，飲料排第三，你的是第二，最甜的在這裡。」

她的唇輕輕碰了下陸悍驍的唇心，然後看著他的眼睛，問：「對不對？」

陸悍驍意猶未盡，「不對。我的比妳甜。」

下一秒換他主動，低頭吻住了周喬，男人的觸碰總比女人濃烈，吻，就要有接吻的樣子。一番給予之後，陸悍驍終於鬆開她，挑眉也問，「對不對？」

周喬伸出食指，點中他的眉心，「滴，通電。」

陸悍驍配合表演，抱著旁邊的門板開始扭屁股，神色佯裝痛苦，「妳竟然給朕下了來自春天的藥，本大王控制不住電臀了怎麼辦？喉嚨好像也要開始控制不住了，啊，啊！」

我的天。

周喬趕緊上前捂他的嘴，「別叫！」

「這不是叫，是呻吟。」陸悍驍臉皮厚過城牆轉角，把周喬逗得臉色緋紅。

他笑著說：「好了好了，不鬧妳了，去洗澡吧。」

周喬被他隨時隨地亂用詞語的風格弄得頭大，先躲遠點。

等她洗完澡出來，陸悍驍也正巧在主臥室的浴室裡洗完，房門沒關，敞開一大半，陸悍驍換了套家居服，一身淺灰站在臥室裡低頭看手機。

「進來。」他喊周喬，眼睛卻沒移開螢幕。

周喬進去前，把房門完全敞開，這才走到他身旁，「在看什麼？」

「搶紅包。」陸悍驍手指飛速點，「今晚手氣好到想自殺，每個金額都是最大的。」

周喬湊了湊腦袋，「多少？」

「六毛六。」

「……」

「陳清禾這個摳門鬼，每次紅包只送兩塊的，賀燃比他好一點，還知道送個兩塊一。」

周喬問：「那你呢？」

「我從來不送，只搶。」陸悍驍說：「每次餘額湊齊八塊八，就去開一個月的黃鑽VIP空間。」

「……」

天！您一個霸道總裁還玩社群空間呢。

陸悍驍勇敢面對自己的興趣愛好，「讀大學時，還往裡頭種花種草，天天吆喝陳清禾去幫我澆水留言，我們互踩互關，革命感情就是那時建立的。」

他幽幽感嘆，「早知他是個畜生，當初就不造孽了。都怪陳清禾，陳清禾不要臉。」

周喬笑得半死，「你的空間呢？給我看看。」

「等我搶完這個紅包，哎喲我滴個乖乖，兩分錢也是愛呢！」陸悍驍往群組裡丟了一把菜刀，然後一隻手牽住周喬，另隻手按手機。

周喬被他帶到書桌前坐下，「今天讓妳坐坐老闆椅，真皮的，上個禮拜才做了保養。」陸悍驍微微彎腰，滑開滑鼠，電腦螢幕亮起。

「妳自己登錄，密碼是『陸大王』的拚音。」

陸大王：？？？

周喬一言難盡地敲下，陸悍驍搬了個矮凳坐她旁邊，凳子太矮，一坐下去低了大半截。陸悍驍伸手去撈周喬的腿。

「哎？你幹什麼？」周喬驚乍。

「別動，放上來。」陸悍驍堅持動作，握住周喬的腳踝，輕柔地擱在自己的大腿上。

如此親密的動作被他做得自然而然，周喬有些不好意思。

陸悍驍抬眼，逗她，「哥來檢查一下，看妳腿毛多不多。」

周喬一腳踹過去，笑道：「神經病啊。」

「嘖，還惱羞成怒了呢。」陸悍驍把她的睡褲褲管捲上去一點，嘴巴張成「哦」型，「喬喬，妳的毛都可以梳小辮子了！」

「去你的！」周喬被他弄得很僵硬，哪裡有毛了？「明明很光滑。」

陸悍驍捉住她的腿，「我幫妳剪指甲。」

「不用不用。」周喬怕他把自己的腳趾頭咔嚓掉。

「噓。妳別管，看電腦。」陸悍驍拍了拍她腳背，「我的農場等級也挺高，妳去欣賞一下。」

「……」周喬掙不脫，也就隨便他了，陸悍驍的空間一進去就各種水鑽炫酷閃耀，上面一個骷髏頭滴著血，還有一句話——『葬愛家族，給你幸福。』

周喬他媽驚呆了。

再點開日記列表，一整頁都是亂七八糟的分享。

——《只有九句話，我卻看了十遍》

——《男人用盡一生在找的一篇文章》

——《女兒訓誡爸爸的話，超火！》

想不到你是這樣的霸道總裁。周喬壓了壓驚，真心問：「你工作不忙嗎？還有這麼多閒工夫當網癮少年？」

「都怪陳清禾，帶我染上了網癮，陳清禾不要臉。」陸悍驍低頭幫她剪指甲，一點一點很細心，「妳用的什麼味道的沐浴乳啊？」

「就六神啊，齊阿姨買的。」周喬又發現了新大陸，「你還買了紅鑽VIP？」

「七天自動換裝，沒事就搭配一下。」陸悍驍剪完右腳，又換她的左腳，「咦，左邊的蹄子比較清香，撒點孜然就能啃了。」

周喬笑著伸手敲他頭，「啃掉你的老牙。」

其實周喬的指甲很齊整，根本不用費什麼功夫。陸悍驍很快剪完，捧著她的腳丫子作勢要聞，然後誇張地掮鼻子，「好臭臭！」

周喬被逗得不行，「你才臭呢！」

「我沒腳氣我不臭，臭周喬。」陸悍驍抓著腳踝不放，還去撓她的腳心。

「喂！陸悍驍！」周喬癢死了，反射性用力踢他。

陸悍驍一下子沒坐穩，被她一腳踹到了地毯上。

「妳謀殺親夫啊！」陸悍驍四腳朝天地坐在地上，「臭臭的還不讓人說了，我就要說，臭周喬，臭臭臭。」

周喬哭笑不得，蹲過來看著他，「你這叫什麼？人老心不老？」

「胡說。」陸悍驍不樂意，「我明明人心合一都不老。見過老人玩黃鑽紅鑽嗎？見過老人有八塊腹肌嗎？」

「好好好。」周喬怕了他，伸手去堵他的嘴，「你年年十八身強體壯行了吧？」

這個動作需要傾身，周喬的睡衣是一字領，稍一低，陸悍驍便看得一清二楚。嘿呀嘿呦喂，看一眼就不想動了。

周喬渾然不知，陸悍驍卻看紅了眼，莫名嘀咕了一句，「難怪齊阿姨說妳平時愛喝奶。」

「嗯？」

「我挺滿意的。」

「……」

周喬反應過來，真的很想摳掉他的桃花眼。

陸悍驍的手繞到她的後腦勺，一把按向自己，然後聲音往下沉，「寶貝，每天一斤奶，強身健體，幸福陸悍驍。」

周喬推開他，這種犯規挑逗真的很欠揍，「要喝你自己喝，不想跟你說話。」

喲喲喲，還生氣了。

陸悍驍還賴在地上，手肘往後撐著地，整個人吊兒郎當，「乖啊我的臭喬喬。」

「你才臭呢，」周喬退開兩公尺看著他，「夜深人靜需要安靜，電腦開機特別累，你考慮一下它的感受所以請你安靜，世界多一點安靜少一點聒噪行不行？」

周喬威脅，「從現在起，誰先說話誰就是癩皮狗。」

癩皮狗：我的出場費是兩根肉骨頭。

陸悍驍聽完全程，臉上始終帶著笑。

周喬說完了正準備走，背後的陸悍驍十分應景地叫了一聲——「汪——」

最怕空氣突然安靜。

周喬頓了頓，立馬破功笑出了聲音。

陸悍驍還在地上凹造型，自信地揚眉，「絕對不能讓女朋友生氣超過三秒鐘。」

周喬心裡一陣暖，重新走過去，捧住他的帥臉往中間一擠，陸悍驍立刻變成醜八怪。

他兩眼使勁往上翻，舌頭抵出來斜向一邊，「這年頭，狗……也不好當啊。」

氣氛正濃，從門口傳來一陣「哐噹」響。

兩人回頭，和齊阿姨的驚恐目光撞個正著。

齊阿姨剛從廣場尬舞而歸，手裡還捏著出門時順手帶下去的跳繩。

不行，淡定，千萬別慌，守護年輕人的世界，老寶貝責任最重大。齊阿姨內心對話飛速發射，眨眨眼睛，笑得歲月靜好。

她伸出手，遞上跳繩，清脆地說：「喬喬，給，這個可以拴狗！」

陸悍驍：「……」

呵，您這麼能說，上學作文幾分啊？

周喬已經快要陣亡了，邊笑邊攬齊阿姨的美肩退出臥室。

陸悍驍一個人盤腿坐在地板上，氣呼呼地往上吹氣，瀏海唰唰唰飛成波浪線。

一想心可煩，還有滿肚子的騷話沒說完呢。

他打開手機，傳訊息給周喬──『臭喬喬。』

很快，那邊回了個字：『嗯？』

『猜猜我有多愛妳。』

『比一斤奶多一點？』

陸悍驍看得直樂，想了想，手指輕輕跳動。

『看過新聞聯播嗎？』

『當然。』

陸悍驍捧著手機，彎了彎嘴角，回她：『那就勉強一點，愛妳愛到新聞聯播大結局吧。』

房間裡只有空調極輕的送風聲，以及淡淡的香氛。

在不長的片刻等候之後，周喬傳來一顆紅彤彤的，跳動的心──『我也是，葬愛．驍。』

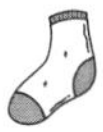

陸悍驍和周喬的關係發展，並不是轟轟烈烈恨不得天下皆知，陸悍驍看起來豪放外在，但對事情的輕重緩急分得十分清楚。

周喬細膩敏感，又要面對重要考試，也閉口不提別的事情。比如，向陸悍驍的家人坦白。一是不確定陸悍驍的想法，二是，她自己也並不想過早交待。

周喬不說，陸悍驍也就不主動提起。保持住戀愛該有的姿態，讓時間自然而然地推進。

他手頭的工作即將告一段落，正籌畫著是不是該來一場正式的約會了。

去哪約呢？

陸悍驍還特地查了一下，彈出的第一個答案就是——賓館開房。

一瞅見這四個字，陸悍驍滑鼠「碰」地一扔，差點跳起來，「死變態！」

莫名其妙的激動冷卻下來後，陸悍驍捂著發熱的胸口，「想不到你是一個如此不正經的網站，讓技術部遮避掉，公司所有電腦不許上。」

得到此令的朵姐有點茫然，「陸總，我們和它還是合作關係呢。」

陸悍驍冷靜下來，揮揮手，「算了，妳先出去吧。」

朵姐一頭霧水地飄走後，陸悍驍重新打開網頁，神使鬼差地繼續往下看答案，喲呵，下面竟然開始推薦起CP值高的酒店賓館。

五分鐘後——「喜來登，夏威夷之夜主題，哎呀，這個還是公司的合作酒店呢，不錯不錯。」陸悍驍攤開會議記事本，十分認真地做起了筆記。每個酒店後面還用括弧號標注了關鍵字。

性感小野貓房間，好評率百分之九十九。免費送保險套，限領兩個。

「兩個怎麼夠。」陸悍驍精算推測，覺得這個數量有點侮辱他，於是一把叉叉把這家酒店畫掉。

抄了一頁酒店名字後，陸悍驍又在思考另一個問題。從與周喬認識起，「老」這個字總是時不時地被提起。年紀輕的人說說也就算了，陳清禾也說他老，呵，一般畜生活到他這個歲數，早就死翹翹了。

「還好意思說我呢。」陸悍驍越想越生氣，趕緊罵上兩句，「陳清禾不要臉。」

罵完之後，問題還是要面對。

陸悍驍從抽屜裡拿出刮鬍刀套組，裡面有塊小鏡子，他左臉右臉照了又照，「哪裡老了？都看不到毛孔。」

丟了鏡子，陸悍驍又登錄購物網站，在搜尋欄敲下：時髦顯年輕上衣。

褲子就不用了，畢竟他有一櫃子的破洞牛仔褲。

花了半小時，認真選購了幾件花樣T恤，陸悍驍這才心滿意足地往老闆椅上一靠，吹著口哨計畫起與周喬的第一次約會。

吃完午飯，齊阿姨收拾桌子，周喬幫忙洗碗。

「喬喬，我下午要回一趟陸家，老太太打牌缺個人，我去湊個數。」齊阿姨動作俐落，還切了個柳丁給她，「對了，老太太提了，要妳也過去吃晚飯，她肯定是跟悍驍打好招呼了，到時候悍驍會來接妳。」

周喬聽後，手打滑，飯碗掉進了水槽裡。

齊阿姨聞見動靜，趕緊過來，「沒事吧？」

「沒事。」周喬撿起來繼續洗，抿唇垂眸，盯著水流不作聲。

「妳不用擔心。」齊阿姨突然說：「我不亂講話的。」

周喬一頓。

「妳和悍驍都是好孩子，又乖又好看，我可喜歡你們了。」齊阿姨嘿嘿笑，「年輕人的事你們自己做主，沒得到你們同意，我嘴巴一定閉得緊緊。」

老寶貝坦白直率起來如此可愛。周喬想解釋，但話全部站在了舌尖上，一下子難以組織語言。

「我知道妳的考慮，作為女孩子，沒到一定的時間，見家長總是有些忐忑。妳還要考試，別太受影響。」齊阿姨遞上切好的柳丁，「吃吧，好好複習。」

周喬接過，對齊阿姨感激地笑了笑。

就這樣，齊阿姨揹著她的小花包，打著小花傘，帶上她的舞蹈鞋坐地鐵回了陸家。

夏日天氣多變，過了午後沉悶燥熱，雲日褪去，天色深沉。

齊阿姨邁著小胖腿小跑到門口，外門虛掩著，她邊推邊說：「哎呀，要下雨了咧，大姐，我帶了罐自己做的酸蘿蔔給妳。」

客廳沙發上坐著的人齊齊回頭，齊阿姨一看，表情意外。她很快鎮定下來，笑臉打招呼，「老爺子今天沒去遛鳥呢？」

陸雲開頷首，「嗯」了聲，皺著的眉頭一直沒有鬆開。而一旁的陸老太太，表情也輕鬆不到哪去。

客座上，半小時前突然造訪的周正安，繼續滔滔不絕。

「乾爸、乾媽，孩子的教育問題，我們做父母的確有偏頗，工作忙都不是理由。」周正安長長嘆了口氣，他向來注重形象，背頭梳的一絲不苟，背脊也挺直不彎曲。

「周喬年紀小，不懂得分寸，一定給悍驍造成了困擾，希望他不要介意，也希望乾爸、乾媽你們……」

陸雲開做了個抬手的姿勢，打斷他，語氣頗為嚴肅地抓住了重點，「你說，陸悍驍和她在談戀愛？」

周正安敷衍地攬責，「不是悍驍的錯，是我們喬喬不懂事，也怪金小玉，她大大咧咧少了根筋，從不糾正女兒的錯誤思想。」

「正安，」這次出聲的是陸老太太，她身著一件旗袍樣式的棉麻裙，玉耳墜搭配無風自搖。

她冷靜地說：「你的生意在遙省，離這遠得很，當然，我不是質疑你的話，而是覺得，我們更應該聽聽更瞭解悍驍和小喬生活的人的意見。」

話落音，陸老太太抬眼望向齊阿姨，「小妹，妳過來，我有話問妳。」

齊阿姨應了聲，顛顛地走到面前，「大姐、老爺子。」

「這段時間辛苦妳了，悍驍心大，男人嘛，總是不拘小節，生活上的事情，還勞妳多費心。」一番開場白陸老太太說得矜持得體。

齊阿姨忙說：「不累不累，悍驍是個好孩子，沒事經常帶我去跳廣場舞呢。」

陸老太太欣慰地點了下頭，又道：「上學的孩子也辛苦，喬喬太瘦了，妳可要多做點好吃的給她。」

「那是，雞鴨魚肉每天都有，喬喬就更乖巧了，這女孩的性格真的不錯。」齊阿姨忙不迭地誇讚，然後靜靜等待下一句。

陸老太太緩了緩，問：「悍驍和她，是不是在交往？」

直接撂話，在場的人屏息，屋裡的氣氛比外頭即將暴雨的天色更低沉。

齊阿姨面色如常，笑著擺手，「那是不可能的。」

此話一出，周正安最先變臉，帶著抱怨僵硬地咧嘴笑道，「齊阿姨，上次在悍驍那，妳也是在場的啊。」

齊阿姨忙點頭，「對啊，我在呢，就是你硬要帶走周喬的那次對吧？」

「硬要？」陸雲開皺眉。

「也沒那麼嚴重，悍驍摔了張椅子而已，哎呀，要不是喬喬挨了一巴掌，那椅子就不會摔了。」齊阿姨輕描淡寫地描述了一遍。

聽得陸老爺子怒火出衝天，拐杖往地上一杵，「胡鬧！」

陸老太太心疼嘆息，指責道：「正安啊，做父親的可不能這樣子啊。」

「不是，乾爸、乾媽，我，欸！齊阿姨，妳怎麼能不說實話呢！」周正安急道。

「我說的都是實話。」齊阿姨特別淡定，「我和他們同在一個屋簷下都快兩個月了，眼睛好著呢。」

「妳怎麼可以不分青紅皂白騙……」

「夠了！」陸雲開生氣打斷，「時間還早，我就不留你吃晚飯了，回去吧。」

陸家和金小玉的關係好，周正安本想利用這個消息引起陸老爺子的反感，從而帶走女兒，讓金小玉的如玉算盤落空。

如今失了策，被齊阿姨一席話弄得形勢反轉。周正安鬱悶難平，灰頭土臉地離開了陸家。

他坐在車上，氣得砸了把方向盤，火冒三丈地調頭，往另一個方向開去。

# 第十三章　八十八塊錢的恥辱

周喬接到陸悍驍電話的時候，已經快五點。

『書看完了嗎？試題做了嗎？單字背了幾個啊？算了，這些都不重要，重要的是，妳想我了嗎？』

周喬聽到他炮彈似的一串話，抿嘴笑，「你下班了？」

『臭周喬，又不回答我的問題，』陸悍驍說：『收拾一下，半小時後我到樓下，老寶貝們沉迷賭博，懶得做晚飯放了鴿子，我們晚上出去吃。』

周喬沒細想這臨時的變動，答應了，「好。」

陸悍驍提早五分鐘到了，周喬下樓一愣，怎麼換車了？

「我的車給陳清禾了，他們人多坐不下，我就開他的車過來接妳。」

「還有別人呢？」周喬下意識問。

「喲喲喲，失望了啊？」陸悍驍擠眉弄眼可得意，「是不是特別想和哥獨處啊？」

「……」周喬臉燥。

「臉還不夠紅。」陸悍驍笑著說，然後突然湊上去親了她一口，「嗯！現在達標了。」

「……」

沒見過占人便宜還這麼有理的。

「出發囉。」陸悍驍轉動方向盤，心情好得飛起，解釋說：「今天公司聚餐，幾個副總部長一起。」

周喬抬頭，「我去不太好吧？」

「沒關係，就是怕妳不自在，我叫上了陳清禾，還有朵姐也在。」陸悍驍空出右手，撫上她的手背，「我的女朋友怎麼可以藏著，必須光明正大地帶出來炫耀。」

周喬的好心情就這麼平鋪而出。

陸悍驍說得理所當然，「今天光明正大地帶出來示人，明天也必會八抬大轎明媒正娶回東宮，然後幫老子生一窩小狼崽。」

周喬駁他，「誰要嫁給你了？」

「不用妳嫁，我來娶就行了。」陸悍驍吹著口哨，又是那首年代老歌〈愛你一萬年〉。

到了餐廳，兩人下車，陸悍驍繞過來自然而然地牽起她的手，「別躲。」

周喬回應地牽得更緊，「好。」

兩人對視一笑，朵姐的聲音從餐廳門口傳來。

「陸總，今天大夥們是不是可以放肆吃啊？」

陸悍驍豪氣道：「今晚包場！」

一行人都是陸悍驍公司的得力幹將，個個身居要位，此刻都笑著捧場。

周喬緊張到手微顫，陸悍驍感知到後，無聲地撓了撓她的掌心，側頭靠近，在她耳朵邊輕輕說：「別怕，我很愛妳。」

於是，所有的緊張，都在他這幾個字裡，神奇地塵埃落定，化作煙縷散淨。

陸悍驍繼續笑臉相迎，與人交際應話，寬厚的背影籠罩在她身前，周喬望著他，從未有過的安定悄然將她擁抱住。

「哎呦我靠，我為什麼要過來吃狗糧啊？驍兒你害人呢！」陳清禾扯著大嗓門，帥氣地從裡頭走出來。

陸悍驍的口頭禪，見著本人必須說：「陳清禾不要臉。」

朵姐護主心切，「歧視陸總，我已經報警了。」

「嗨呀，朵朵姐，上次吃飯妳還誇我智商兩百五呢！」陳清禾鬱悶。

朵姐淡定道：「那當然，畢竟上次是你掏錢請客。」

陸悍驍當即拍板，「加薪！朵姐必須加薪！」

身後的財務部長趕緊地拿出小本子記下聖旨，「遵命大王！」

周喬已經看呆了，天啊，這是一家塞滿奧斯卡影帝的公司吧！

陸悍驍一把攬過周喬的肩膀，把人往自己懷裡拉，揚起下巴得意極了，「正式介紹一下，這是周喬，我女朋友。」

朵朵姐帶頭鼓掌，「好！恭喜陸總脫衣，哦不，是脫單！」

一個副總立馬掏出手機吩咐下去，「明天務必讓陸寶寶漲停！」然後看向陸悍驍，「陸總，這是我為您獻上的賀禮。」

陳清禾搶戲，「驍兒，我也有一份禮物送給你。」

陸悍驍挑眉，「嗯？」

陳清禾朝他拋了個媚眼，然後彎腰，「哇啦」一聲嘔吐，邊吐邊說：「這份禮物喜歡嗎？」

全場人哄堂大笑。

空氣裡全是粉紅泡泡，氣氛正和諧，突然不遠處傳來嘈雜聲。

大家循聲望去，馬路邊上，圍觀者包成一個圈，密密實實很多人。

不斷有路人說：

「一男一女好像是夫妻，打成一團像什麼話啊。」

「可不是嗎，丈夫打老婆呢，好沒品。」

「聽說是離婚條件不同意，那男的找了小三。」

朵姐他們就當笑話聽聽，招呼道：「陸總、喬喬，我們去包廂吧。」

陸悍驍牽起周喬，卻發現她甩開了自己的手。

「怎麼了？」他側頭疑慮。

而下一秒，周喬已經衝了出去。

「欸！周喬！」陸悍驍大駭，伸手抓了個空。

只見她以極快的速度，推開圍觀的人群，跌跌撞撞地跑進去。

扭作一團的兩人雞飛狗跳，吵鬧大罵。一個被打得想逃，一個抓著對方的頭髮下了狠手。

周喬眼眶猩紅，大腦一片慘白。

她撲過去，抱住被撂倒在地的金小玉，周正安的拳打腳踢來不及剎車，悉數落在周喬身上。太疼了。

周喬悶聲一哼，覺得背脊骨斷開似的。

但身體再疼，也疼不過心。

人群之外，三公尺之遠，陸悍驍的兄弟、同事，將這夠人恥笑許久的荒唐，一幕不落地看在了眼裡。

周喬渾身難過地閉上眼睛，聞見金小玉肩膀上的血味，心就如同這場將下未下的暴雨一樣，悶得人心生絕望。

圍觀的人議論紛紛：

「這是小三吧？」

「蠢啊，小三會替那女的挨打？明明是女兒嘛，長得和這個男的多像。」

「哇哦，一家三口都來了，好精彩啊。」

蜚語穿刺耳膜，周喬彷彿瞬間耳鳴。

這時，她眼前一黑——滾燙的掌心輕輕蓋住了她的眼睛。

手腕上留香淡淡的沐浴乳味十分熟悉。周喬被陸悍驍堅定地拽進懷裡，用只有她能聽到的，近乎唇語般的親密，沉音緩調地說：「不許多想、不許懷疑、不許認為我會嫌棄妳。」

周喬乾涸的嘴唇動了動，眼眶的淚水陡然掉落。

陸悍驍的手心感受到了濕意，他反射般將人摟得更緊。

「妳害怕的事情，都交給男朋友來解決。」

他頓了一下，又補充道：「男朋友解決不了的，就讓老公來——嗯，老公永遠愛妳。」

陸悍驍把周喬護在懷裡的這個動作，澈底點燃了周正安自以為理直氣壯的怒火。

他指著兩人，對金小玉一陣狂嚷：「妳看看，看看！妳就是邪門歪道，把她送出來不管不顧，現在走偏了，妳滿意了吧！」

金小玉暫時沒空理她，剛才那一瓢開在她後腦勺，疼意還沒恢復過來。

周正安喋喋不休，「我告訴妳，這婚我離定了！妳這個當媽的不負責任，就憑這一條，我讓妳一毛錢也拿不到！」

他矛頭又指向陸悍驍，「再怎麼說，我也叫老爺子老太太一聲乾爸乾媽，但悍驍，你這樣做，是不是太過分了一點？」

周圍不明真相的群眾，又開始交頭接耳，不知道的還以為陸悍驍扮演著渣男角色，誘騙女人呢。

陸悍驍一臉陰沉，護著周喬沒鬆手。

他發飆之前，有個人先不爽了，陳清禾直接走過來，一把拂開周正安指在半空中的手。然後眼帶厲色，警告道：「會不會說話？不會說話就閉嘴！」

陳清禾在部隊紮紮實實地練過幾年，不似陸悍驍身上還夾帶著絲絲精英氣質，他整個人硬而狂，怒目起來，氣勢如風起。

周正安火氣洩了一半，嘴唇動了動，然後悶悶地咽了回去。陳清禾撈著他的衣領往面前一帶，對方踮腳才能夠著地。

「哎哎！」周正安驚恐地叫喚。

陳清禾向來有話敢說，他當即為兄弟撐腰，道：「我哥們怎麼過分了？周喬是未成年還是被強迫？你他媽問清楚了沒？沒問清楚就在這造謠，我告訴你，男未婚女未嫁，十八成年一朵花，全憑兩個字：願意！」

周正安哆嗦著，掙扎於最後的不死心，「那是我女兒，經過我同意……」

「呸！你女兒？」陳清禾打斷，「也就姓了你的周字，別的，你哪來的底氣在這表身分？」

地上的金小玉，已經忍過疼痛，活過來又是一把高音嗓。

「沒錯！你這個不要臉的……」

「妳也給我閉嘴！」陳清禾橫目掃過去，「妳在這仗誰的勢啊？都是半斤八兩的東西。」

圍觀群眾在聽完這番話後，輿論矛頭又對準了周正安和金小玉。

眼見場面就快收不住，朵姐走過來，揚高聲音嚴肅地問：「陸總，請問需不需要報警？」

一聽報警兩字，周正安和金小玉齊齊緊張。

陸悍驍沉聲，有意將選擇權交由當事人。以這一對奇葩夫婦的尿性，在離婚這麼關鍵的時刻，肯定不會自惹麻煩，於是選擇了私下和談。

朵姐迅速地吩咐下去，讓在附近的酒店馬上安排一間套房。

十分鐘後，陸悍驍陪著周喬，和周正安、金小玉齊坐一屋。

說是和談，但兩人習慣性的，隨時隨地能罵起來。

周正安揪著周喬這個事為理由，把金小玉做母親的義務批評得一無是處。

金小玉也不是軟柿子，拍案而起跟他正面剛，「你以為你好到哪裡去？踩著這個就能原地高潮是吧？把那個狐狸精給我叫出來，我讓你們浸豬籠！」

周正安凶回去，「家業都是我掙的，妳捫心自問做了什麼？家沒給我管好，生意上的事也在幫倒忙，現在妳要坐享其成？想得美。我呸！」

金小玉雙手叉腰，「我呸呸呸！」

周正安：「妳這個瘋婆子，狗日的。」

聽到這話，金小玉雙手環胸，冷冷刺他，「廢話！沒有你，我怎麼能生出女兒啊。」

周正安吃了一嘴憋，氣得一腳踢向玻璃茶桌，奈何這桌子是固定於地的，紋絲不動，反而讓他腳尖爆痛。

金小玉哼聲，「賤人自有天收。」

面對這一團雞飛狗跳，沉默坐在一旁的周喬，把頭放得更低。

陸悍驍靠著她，坐在沙發扶手上，不動聲色地將她的手握得更緊，然後放開，起身，「二位，吵過癮了沒？」

都不說話。

陸悍驍點了下頭，「看來詞彙貧乏，也想不出什麼新句式了。行吧，我來跟伯父、伯母總結一下，順便頒個獎。」

他轉頭，對著身後的人說：「周喬，陳清禾在外面等，妳先和他去喝點飲料。」

直到門關緊，房間裡只剩他們三人。陸悍驍才慢條斯理地開口，「說實話，我特別不願意當長輩的調解員，你們鬧上新聞都跟我沒關係，但是現在有了周喬，我沒辦法不管。」

周正安憤懣，「我女兒小，不懂事，你三十歲了，生意做得這麼大，也跟著不懂事？」

陸悍驍：「懂不懂事不是你說了算，這個只有周喬有發言權。」

「你別忘了，周喬是我女兒！」

「所以我現在，心平氣和地跟您說話。」陸悍驍絲毫不讓，「我話就撂在這了，你們離不離婚，財產怎麼分，我都不關心，但這些破事，誰再拿周喬當槍使，我一定百倍奉還。」

陸悍驍這份聲色厲苒，潑得毫不留情——「說白了，我對你們的態度，取決於你們對周喬的態度。」

就這麼簡單。

周正安和金小玉誰都不言，兩人心裡清清楚楚，陸悍驍是實實在在的背景子弟，他要想搞事情，肯定鬧個天翻地覆才甘休。

陸悍驍目光落向金小玉，「伯母，麻煩借一步說話。」

兩人走到小廳，陸悍驍站在落地窗前，一派閒適地拿出手機，十分鐘前，陳清禾已經把照片傳了過來。

他滑了兩下，六、七張照片張張清晰。陸悍驍直接遞給金小玉，示意她自己看。

只看了開頭，金小玉的眉毛差點沒跳起來。

陸悍驍靜觀她的臉色一分分變得難堪，才說：「巧了，我朋友是這家公館的股東，那天有緣看見了伯母，不得不說，伯母您眼光真好，身邊這位小兄弟出場費排前三，過夜更貴。」

金小玉手在發抖。

陸悍驍把手機從她那拎回來，「說真的，我特別佩服您和伯父，罵起人來那麼理直氣壯，心理素質一等一。」

「你想幹什麼？」金小玉終於忍不住了。

「不幹什麼，就是提醒伯母，大家都是半斤八兩，誰也沒比誰高貴，我能弄到這些照片，伯父一定也有機會看到。」

離婚官司在即，她的資料已經全部提交，較之周正安的優勢，是她握有對方確鑿的出軌證據，如果周正安拿到這些照片，形勢一定直轉急下。

「我只要妳保證一點，不許再讓周喬摻和到這堆破事裡。」陸悍驍說：「她考研究所已經失敗了一次，之前怎麼樣我管不著，但現在，這一次，我一定不會讓她輸！」

酒店茶閣，周喬望著面前的菊花茶，半天沒動一口。

對面的陳清禾也是個聒噪的哥們，為了逗她開心，把手機上的絕版醜照逐一給她欣賞。

「這是去年在夏威夷，陸悍驍裸泳。」陳清禾哈哈哈，「我幫他打了馬賽克。」

照片上，陸悍驍屁股縫若隱若現，一身綁緊的肌肉在陽光下閃著肉欲的光。

「這是年前在哈爾濱，我退伍了，他們來接我，順便嘗試了一下冬泳。」陳清禾手指滑開下一張，幾個帥哥趴在冰塊上，強顏歡笑，牙齒打顫。

「這是他小時候的藝術照哈哈哈。」

周喬一看，驚呆了。

四五歲的陸悍驍，嬰兒肥還未褪去，臉上肉肉的，眉心一顆美人痣，頭上戴著皇冠頭紗，胭脂緋紅，嘴唇上還是艷紅的唇彩。

這……陸小公主的氣質原來從小就具備了。

陳清禾解釋道：「他們家體質很奇特，生的全是男孩，超級陽剛。陸老太太那時天天求神拜佛，讓陸家有個女娃，但一直沒如願。陸老爺子的書房裡掛滿了雞毛撣子，別誤會，不是用來揍人的，而是誰不聽話，就扯一根雞毛撓他腳掌心，讓他笑死。」

周喬終於笑了起來。

陳清禾迅速舉起手機，「咔擦」拍下她的笑臉，然後傳訊息給陸悍驍：『我已成功將你的喬妹妹逗笑，圓滿完成任務，老闆，付錢。』

對方秒回：『轉帳金額：一萬元整。』

陳清禾把手機螢幕對著周喬晃了晃，「一擲千金就為了博妳一笑。」

這時，周正安和金小玉一前一後出了電梯，直接往這邊走來。

陳清禾起身避讓，周喬下意識起身，她已經養成了看到父母就緊張的毛病。

三人沉默落座。

周正安和金小玉依舊兩看相厭，緩了緩，周正安先開口：「喬喬，爸爸晚上就回遙省，公司還有些事要處理。」

金小玉也接話，「媽媽也是。」頓了下，她繼續：「妳好好準備考試，這段時間，媽媽不會再讓妳分心。」

「爸爸也是。」周正安道。

周喬抬起頭，有點不敢置信。

這……算是妥協和解了？

「媽媽反思了一下，確實不應該影響到妳，讀書很辛苦，妳自己注意身體。」金小玉說：「大人的事情，我們自己解決。」

周正安掏出皮夾，「這是五千塊，妳自己放身上用，不夠的話，打電話給我。」

這個場景，從未在周喬的設想範圍內。

簡短有效的交待完後，周正安先行離開，金小玉敷衍地坐了一下，然後也起身走了。

周喬心裡清清楚楚，爸媽各有各的生活，基本上，以後是不太會管自己了。但能換到今天這樣一場平和的散局，真的已是最好的結果。

片刻之後，陸悍驍與陳清禾一起過來。

他直接攬上周喬的肩膀，看著桌面一疊鈔票，語氣誇張，「我女朋友太直接了吧？我可事先說明啊，我是有骨氣的男人，只賣身，不賣藝。」

陳清禾吐血，「騷。」

周喬如釋重負地鬆了一口氣，看向他，「你要錢嗎？都拿去好了。」

「要要要。」陸悍驍一點也不客氣，撈起鈔票，「畢竟拿了妳的錢，我就是妳的人了。」

陳清禾一身雞皮疙瘩，「靠，老子撤了。」

他溜得飛快，陸悍驍對周喬說：「走吧，我們也去吃點東西。」

兩個人沒開車，就在附近找了個西餐廳隨便吃了點，然後手牽手街頭壓馬路。

今晚的氣氛有點奇怪，兩個人都不怎麼說話。

像是有感知一般，每每路過一家酒店，陸悍驍的腳步便流連忘返地變慢。

他一慢，周喬就緊張地拖著他快步往前走。

陸悍驍不情不願跟在身後，舔了舔嘴唇，望著她的背影心裡躁動難安。

大半條街都快走完了，簡直不能再忍耐。

陸悍驍耍無賴地突然就不走了。

周喬回頭，咽了咽喉嚨，問：「怎麼了？」

他說：「我沒吃飽。」

「那我們再去吃點宵夜？」

「好啊。」陸悍驍笑嘻道：「我最愛吃宵夜了。」

話畢，他拽起她的手臂往右一轉。

周喬驚呼，「這是賓館！」

「賓館也有宵夜。」沒毛病。

「欸！」周喬微掙，掙不開。索性蹲在地上，被陸悍驍扯著往前滑行。

他的力氣是真的大，那股呼之欲出的流氓本性已經不打算藏了。

周喬被他生扯硬拉，走到了前檯。

陸悍驍：「幫我開間房。」

老闆「哇哦」一句，聲音有點娘，「抱歉啦，單人房已經開完了，只有雙人房了喲。不過沒關係的，我們雙人間的床也是很大的哦，特價只要八十八哦。」

陸悍驍：「行。」

拿了鑰匙，他又拖著周喬直奔房間。

「碰」的一聲，門關上。

周喬以百米衝刺的速度跑到牆邊望著他。陸悍驍胸口起伏，呼吸急促，一步步向她靠近。

「陸悍驍。」周喬退無可退，「我、我們先吃宵夜好不好？」

「對我來說，一日三餐都是妳。」陸悍驍喉結滾動，眼底有浪在翻湧。

他手摸向左邊口袋，手腕在發抖，稀哩嘩啦一陣塑膠紙摩擦響，他掏出一把……保險套。

還不夠，他又從右邊口袋摸出一大把，手掌握不下，好幾個掉落在地。

各種顏色，各種包裝，樣式不一，看來是買了很多種，目測至少二十多個。

周喬更害怕了。

天，這男人是金剛鑽做的嗎？

陸悍驍懶得廢話，直接打橫抱起她步入正題。不同於平日，今夜的小陸總，又蠻橫又霸道，簡直像一輛推土機。

親暱勾燃氣氛，終於走到床邊，陸悍驍的眼神像離離原上草，被風一吹就劈里啪啦燃燒，一路煽風點火，根本難以抑制。

兩個人順理成章地向下倒去，但——「碰」的一聲巨響，床板承受不起重量，轟轟烈烈地斷成兩截。

意不意外？刺不刺激？

陸悍驍瞬間嚇軟，痛心疾首地望著一地狼狽，然後咬牙切齒地暴吼：「老闆，你他媽開的是黑店吧我靠！」

眼見著陸悍驍擼起袖子就要往外衝，周喬吃力地從塌陷的床板裡爬起來，拽住他的手臂說：「你幹什麼？」

「日他媽去。」

「別鬧了。」

「誰鬧了，他媽逗我呢！」

陸悍驍怒氣騰騰，小霸王什麼都可以忍，唯獨不能受侮辱。

他剛拉開門，一個老太婆顫顫巍巍地邁著小碎步，口裡念念有詞，「誰叫我啊？哎呦，年紀大了，耳朵不好了，是不是你們叫我啊？」

陸悍驍皺眉，「您誰啊？」

「我是我兒子的媽。」

「……」

這不是廢話嗎。

這時，樓梯口傳來腳步聲，是老闆，「出什麼事了呀？在樓下就聽到響聲，哎呀，現在的叔叔比年輕人還猛烈呢。」

老闆小碎步噠噠噠，剛走到轉角，就被陸悍驍一個擒拿手抓住了衣領。

「你才叔叔，你全家都是叔叔，去你的！」

老闆眨眨雙眼皮，沒料到客人站在走廊，他不明所以，「怎麼了嘛？」

陸悍驍頭頂三把火，吼道：「媽的奸商！你買什麼床啊？有你這麼做生意的？」

老闆看向房裡斷裂的床板，驚恐地雙手捂嘴，「我的天啊！」天完之後，他又看向周喬，「妳的腰還沒斷呢？」

陸悍驍擋住他的視線，雙手叉腰氣勢洶洶，一副今天我跟你沒完的架勢。

老闆陪著笑臉解釋，「實在不好意思，床昨天晚上出了點問題，聯絡維修要明天早上才能來修，所以就做了特價處理，八十八塊一晚，放在這市中心可找不出第二間了。」

「特價房怎麼了？八十八怎麼了？它們難道沒有尊嚴嗎？」陸悍驍指著老闆，「你別給我歧視特價二字，都怪你，你這個大壞蛋！」

「……」

這罵人的畫風怎麼有點不對勁了呢？

一旁瞇著眼睛找了半天焦距的老闆媽媽，哎喲哎喲直嘆氣，不停地對陸悍驍擺手，「嬌嬌不是大壞蛋，他是小壞蛋，你不要搞錯了呀。」

陸悍驍一言難盡，這真是一家神奇的賓館。

老闆：「這樣好不好，我的房間乾淨呢，給你一張一百五十公分的床，就當是補償。」

「補你大爺，退錢！」陸悍驍又熱又惱，解開領口不停用手搧風。

鬧了一頓，最後他揣著恥辱的八十八塊錢，牽著周喬喪氣地出了賓館。臨走前覺得不解氣，陸悍驍拍了個店名，傳到群組裡．

兩字：『黑店！』

傳完之後，他站在人來人往的夜色街頭，一陣風吹來，簡直人生淒苦，悵然若失。

周喬雙手環在胸前，看著他的背影，噗嗤一聲笑了出來。

陸悍驍都快哭了，轉過身，委屈地抿著唇，然後雙腳一跺，「妳這個大壞蛋！」

周喬笑到肚子疼，蹲在地上肩膀顫抖。

陸悍驍無語望天，擠出一句，「我都快三十歲了。」

周喬偏著頭，笑著說：「沒關係呀，最美不過夕陽紅。」

「我就是傍晚六點落山的太陽，就算還有點陽光，那不叫燦爛，而叫淒慘的火燒雲。」

陸悍驍「靠」了一聲，納悶道：「明天我要去看心理醫生。」

周喬站起身，走過去哄他，「行行行，明天我陪你去好不好？」

「不好。」陸悍驍說：「萬一喪失功能，我就變成糟糠之夫了。」

周喬聽得面赤，「喂。」

「不想跟妳喂。」陸悍驍很受傷，「臭周喬，大壞蛋。」

弄了這麼一齣，什麼花好月圓的興致也沒了。

兩人搭車回公寓，齊阿姨早早回來了，正在廚房煮宵夜。

「快洗手，今天的酒釀丸子比悍驍還好吃呢。」

齊阿姨心情頗好，在廚房一邊忙，一邊用手機放歌聽，那曲子十分熟悉，正是熟悉的名曲〈最美夕陽紅〉。

陸悍驍心煩，跟把機關槍一樣，突突突地衝過去，「齊阿姨，大壞蛋。」然後又突突突地跑開了，「我不跟大壞蛋玩。」

齊阿姨腦袋上三個問號。

周喬走進來幫忙，解釋道：「陸哥今天心情不太好。」

齊阿姨愁容滿面，「我憑本事跳舞聽歌做飯飯，為什麼要罵我大壞蛋？」

聲音已經壓得夠低，但陸悍驍還是聽見了，理直氣壯的在客廳裡嚷：「妳憑本事壞，為什麼不能罵？」

齊阿姨才不理他呢，把手機的音量調到最大，重播了一遍。

周喬走出來，「行了行了，別鬧脾氣了。」

她站在沙發後，彎腰環上陸悍驍的脖頸，飛快地往他臉上親了一口，小聲說：「別生氣了，好不好？」

陸悍驍側頭，提要求：「再親一口。」

周喬順從地貼上去。

陸悍驍撅著嘴巴，哼了一聲，還是很傲嬌嘛。

「你不是說了不生氣嗎？」周喬無奈。

「這不叫生氣，這叫發脾氣，剛才那一口，是讓我不生氣，現在我要發脾氣，舉一反三，妳知道該怎麼做了吧？」

周喬笑得要死，伸手往他臉上揉。揉完之後，她又在他臉頰連親三口，親完後飛速閃身。

陸悍驍坐在沙發上，摸著發燙的臉頰，然後緩緩低下頭看著自己的褲子。

「唔……明天不用看心理醫生了，功能還是挺正常的。」

# 第十四章　D槽裡的小片片

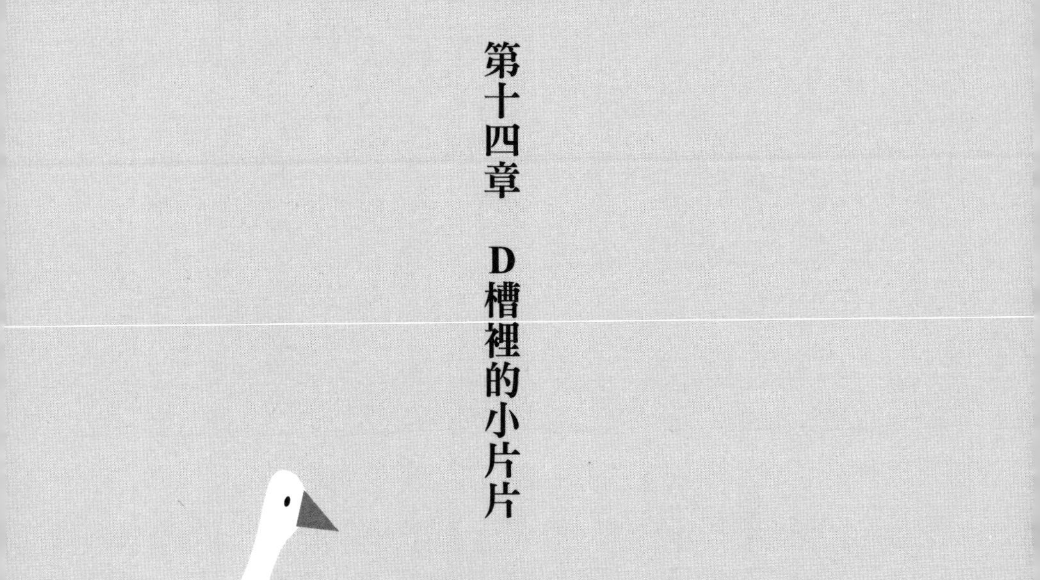

由於特價房的影響力太大了，陸悍驍幾天都萎靡不振。周喬看在眼裡，雖然不說，但還是記在了心裡。

趁著他下班剛回家，周喬偷偷溜進他房間。

「嗯？」陸悍驍正坐在老闆椅上玩寵物養成，頭也不抬地說：「本人今日心理有病，不能提供服務，想泡帥哥的……自己坐上來。」

陸悍驍拍了拍大腿，「只能坐，不能動，誰動誰是大壞蛋。」

周喬背著手，歪著頭，滿眼笑意。

陸悍驍滑鼠一丟，「笑得這麼犯規，給我過來！」

周喬走過去，手往他嘴邊一蓋，習慣性地餵進一顆糖，然後問：「明天有沒有時間？」

明天是週六，不上班。

陸悍驍乖巧地點了頭。

「那我請你看電影。」周喬拿出手機，點開團購APP，「你想看什麼電影？」

陸悍驍自然而然地把她拉近，讓她坐在自己腿上，然後摟住腰，下巴蹭在她的肩膀上，「只要跟妳一起看，《喜羊羊與灰太郎》也沒問題。」

周喬邊笑邊點開頁面，「這部口碑還不錯，動作片，你應該會喜歡。」

「嗯？動作片？」陸悍驍來了興致，瞄了一眼，「都有哪些動作？太正常的沒意思，要創新、要別致，演員要熟一點的，我喜歡那種熟男熟女相約在東京的愛情故事。」

「……」

大哥，您腦子是不是忘記噴農藥了？

周喬正了正臉色，決定不配合他表演，專心介紹另一部，「這個導演很有名，不久前還在坎城拿了獎，不如我們……」

「不如我們看點別的。」陸悍驍一把包裹住她的手，將手機從手心抽出來，靜靜地擱在桌面上。

他聲音沉而緩，環在周喬腰間的手越發用力。

陸悍驍摸上滑鼠，「喬喬，我也是電影愛好者，我們興趣相投，簡直天生一對。」

這話聽起來就不怎麼正經，周喬隱隱緊張。

陸悍驍點開D槽資料夾，夾裡還有夾。

哎呦喂，竟然還設了密碼。

「看看它有多大，」陸悍驍自豪地介紹，「藍光版的電影我都收藏了幾百部，空間才用了百分之五。」

「……」

男朋友你能說重點嗎？

「妳看，它好高級，還有密碼呦！」陸悍驍輕輕嗅了嗅周喬的耳垂，證實道：「不錯，今天是香喬喬。」

「別動，癢。」周喬側頭躲，心跳狂蹦。

「妳知道這些電影影片的密碼是什麼嗎？」陸悍驍的手指搭在鍵盤上蠢蠢欲動。

周喬快要陣亡，閉聲不吭。

陸悍驍捏起她的食指，帶動著，一個字母一個字母地敲按。

「z—h—o—u—q—i—a—o—」

那一串她名字的拚音，光明正大地出現在密碼框裡。陸悍驍敲下傳送鍵，資料夾瞬間解鎖。

排列整齊的影片，全用數字編號，沒有片名。

不用看內容，周喬已經面紅耳赤。

陸悍驍面色淡定，但貼在她背後的胸膛，也比方才起伏得更加劇烈了。

「……妹妹，買片嗎？」

周喬一聽，火急火燎地想起身。陸悍驍扣著她的腰不鬆，「買個片才能走！」

「買買買，你別掐我。」周喬抿著唇不敢動，因為好像感受到了「夕陽紅」悄然變成了「火燒雲」，這種變化，市面統稱為：褲襠有炸。

陸悍驍忍著笑，故意放緩手速，滑鼠鼠標在那些影片上慢慢遊移。

「喜歡什麼樣的？脫光上衣打架，還是脫了褲子插田？」

插、插田？

陸悍驍又移到下一行，「入門級的在這裡，都是基礎，一看就懂，一懂就會，一會就想現場直播。」

周喬只能雙手摳緊桌子邊緣，虛弱地反抗，「警、警察局的電話是多少？」

「一五七XXXX，」陸悍驍沉聲笑，「找我爸爸有什麼事？」

周喬想撞桌死掉。

「喬妹妹準備好了嗎？」陸悍驍顯然不想再忍耐，滑鼠重重磕在桌上，語調上揚，「片片要開始播放了喲。」

周喬閉緊眼睛，拿出她最後的倔強，「不許放，我死也不會睜開眼睛，你就死心吧！」

一番激動言辭還未落音，自己的下巴突然被陸悍驍輕輕捏拿。

「寶貝，」他聲音變得溫柔，極力撫平懷裡人的驚恐萬狀，「看這裡。」

周喬被半迫半哄地睜眼側頭，就這一瞬間，陸悍驍的吻落了下來。

他的手也在同時間按動滑鼠，點開了資料夾裡的影片。

多情的聲音響起，是片頭前奏曲。

竟然還用音響外放？

周喬大駭，「齊阿姨還在家呢！」

十五分鐘後。

「陸悍驍，你別動得這麼快！」

「我哪裡快了，明明剛才妳說不喜歡節奏慢的。」

「你倒回去一點，我沒看夠呢。」

「好好好，給妳看前面，看清楚了吧？」

紅木寬桌前，陸悍驍抱住周喬，空出右手將進度條倒退，電腦螢幕上的畫質高清養眼。

周喬眼睛放亮，「對，就是這裡。」

影片裡，形象氣質極佳的教授在為大家介紹生活小知識。

中氣十足的聲音從音響裡傳出，一點也不變調，可見陸悍驍沒買便宜貨。

『下面這則科學理論，大家一定要記住，因為有百分之九十的人不知道，普通的屎裡雖然沒有毒，但是也不能吃。』教授語重心長道：『最讓我痛心疾首的一點，竟然還有百分之八十九的人不知道，剛燒開的水也不能直接喝，會燙。』

周喬和陸悍驍肩並肩，認認真真地盯著螢幕，專心傾聽。

只見那教授突然一聲暴吼，『我的天啊，下面插播一則緊急通知！』

陸悍驍右手捂著嘴巴倒吸氣，左手害怕地抓緊了周喬的手。

好刺激，好意外，好開心！

教授在原地急得直跳腳，撕心裂肺地喊，『霜淇淋和砒霜不能一起吃！會中毒！分享出去！』

陸悍驍面色沉重，趕緊拿起手機，打開兄弟群組，必須提醒陳清禾，因為陳清禾不要臉。

就這樣，兩個年輕成年男女，傍晚躲在臥室看兩個小時片，一動也不動，全神貫注。到最後，進來送茶水的齊阿姨，也加入了看片大隊。

沒了凳子，胖胖的齊阿姨盤腿坐地上，看著螢幕裡講課的教授，犯起了花癡。

「天啊，他看起來好好吃。」

陸悍驍抽了兩張面紙，遞給齊阿姨，「口水擦一下。」

頓了頓，他轉頭看向周喬，炫耀似地說：「我不僅看起來好吃，實際上也很好吃。」

周喬聽後，唔了一聲，順口問：「你是什麼味道？」

陸悍驍：「胸口是奶味，往下是……熱狗味。」

沉迷教授美貌的齊阿姨，對食物特別敏感，耳尖地聽到了，問道：「悍驍，你想吃熱狗啊？我等等就做。」

陸悍驍轉頭，似凶狀，「專心看您的影片。」

周喬隱著笑，雙手撐著下巴，手指還在臉頰上輕輕地敲。

這時，陸悍驍的手機響，是陳清禾打來的。

他起身，退出房外接聽，「什麼事？」

陳清禾：『你好，我是武則天，轉帳。』

「巧了，我是武則天的爹，你欠了爸爸一年的生活費什麼時候給啊？」陸悍驍走到廚房，手機夾在耳朵與肩膀間，空出手倒水。

陳清禾一陣笑，『驍兒，我愛死你的幽默感了。』

「白癡。」陸悍驍簡明扼要。

『老地方，出來喝兩口。』

時間尚早，不到十點，陸悍驍想著臥室裡專心看影片的二人，沒個兩個小時不會結束。於是答應下來，「好，半小時後見。」

淮春路。

路上有點塞車，陸悍驍晚了十分鐘，陳清禾今天閒得發慌，就在一樓酒吧待著，坐在最顯眼的吧檯處，手裡拿著玻璃杯輕晃酒液。

陸悍驍挑眉，放緩腳步走到他背後，剛準備大叫一聲嚇他一跳，陳清禾竟快他一秒，率先轉身，嗓門如狼叫，「嗷！」

陸悍驍措手不及，往後大退一步，顯然受到了驚嚇。

「哈哈哈，你那點伎倆我還不知道？」陳清禾眼角上翹，舉著杯子隔空對他點了點，「坐吧，幫你點了椰奶。」

陸悍驍拉開高腳凳，把車鑰匙和錢包一併放在吧檯上，「喝什麼椰奶啊，等等叫代駕，陪你喝兩杯。」

然後他打了個響指，對服務生說：「啤酒，加冰塊。」

陳清禾轉了轉椅子，面向舞池，手臂向後手肘撐著吧檯，一派閒適。

「你家周喬呢？」

陸悍驍喝了口啤酒，「在家看電影。」

「說實話，挺意外的。」陳清禾說：「原來你喜歡這種類型的女孩。」

「有什麼意外，感覺對了就對了。」陸悍驍又抿了一口，轉過臉，語氣裡升騰起興奮，「哥們，你有沒有過這種感覺？看到對方就想表現自我，甭管力氣有沒有過頭，只要能讓她目光停在你身上哪怕一秒，都覺得中了樂透。」

陳清禾嫌棄地癟了下嘴角，「我怎麼不記得你中過樂透？」

「滾蛋，跟你這種單身漢無話可說。」

「你和周喬是認真的嗎？」陳清禾問。

「認真啊，」陸悍驍斬釘截鐵，「我可是好看有錢還認真的男人。」

陳清禾消化一下內心的髒話，才繼續聊天，「認真到是會結婚的那種？」

陸悍驍想了想，矜持地點了下頭。

「呵呵，我們驍兒真的長大了。」陳清禾拍了拍他肩膀，「兄弟是吃過虧的人，奉勸你一句，如果看清了自己的心，那就早點做決定。」

陸悍驍頓時不是滋味，沉默了一下，微聲嘆氣，「你還沒忘記那朵小薔薇呢？」

陳清禾沒回答，暴躁地一口喝光半杯啤酒，辛辣味在口腔舌尖肆意，他低下頭，摩挲著杯壁，「我退伍後，她就再也不和我聯絡了。」

陸悍驍無聲地幫他斟滿酒。

陳清禾抬頭，笑著說：「我是前車之鑒，所以驍兒，看上的女人就別拖拉，該收進戶口的，一秒也別耽誤。」

陸悍驍倒是冷靜，他說：「周喬考試失敗了一次，今年再來，壓力肯定很大。我不想她過多地分心。兩個人能在一起就挺好。」

陳清禾和他從小同穿一條開襠褲的交情，有些話問起來也是知根知底，他半笑道：「還談著純情的戀愛呢？」

陸悍驍知道他的意思，沒藏隱，「心靈神交了，別的先等等。等她考上了再說吧。」

陳清禾問：「說什麼？」

「跟老爺子坦白，帶她回去見我爸媽，還有身體也可以深入交流一下。」陸悍驍笑了笑，「嘖，光想一下就熱血沸騰。」

陳清禾被他逗樂，「行了行了，收手吧，別騷了。」

陸悍驍是真的心癢，但分清輕重緩急的克制，才是男人最該做到的。

「說說，你為什麼喜歡周喬？」陳清禾又轉回高腳椅，手撐著下巴，懶洋洋地閒聊。

「喜歡她偶爾的高冷，看起來淡淡的，其實心跟明鏡似的。我和她沒什麼經歷生死劫的深沉大愛，就是很……合拍。」陸悍驍斟酌了一番，找到了這個準確用詞。

「別看她不說話，其實挺能接話，我們在一起不太冷場，你也知道我這人，沒事喜歡開點玩笑，但跟她在一起，我這方面的技能，就跟通了高壓電一樣可以飛天。」

陳清禾笑了笑，「快三十歲的大老爺們了，談個戀愛像毛頭小子。」調侃完，他默了兩秒，真誠地說：「其實我能理解，這就是過日子的感覺。」

陸悍驍跟他碰了碰杯，「你總算說了一句人話。」

兩人一飲而盡，陸悍驍舔了舔嘴唇，心情酣暢，「我想吃爆米花。」

「多大的人了還嘴饞，受不了。」話雖如此，陳清禾還是招呼服務生，「上兩桶爆米花，要大份的。」

於是，兩個男人嗑著爆米花，扯淡了兩小時，陳清禾還去舞池裡扭了幾下，他從部隊出來，身材錘煉得十分搶眼，不管何時，背脊永遠挺直。

陸悍驍坐在吧檯旁，拿手機錄了段影片傳到兄弟群組裡。

『這個機器人長得像不像陳清禾？』

最先回覆的是賀燃：『機器人沒看出來，倒讓我想起了，上大學時買的短髮造型的充氣娃娃。』

日子不緊不慢地過，夏去秋來又入冬，齊阿姨已經不去廣場上尬舞了，陸悍驍的公寓彷彿進入了十級戒備。

考試在即，齊阿姨變著法子的做好吃的給周喬。周喬看起來淡定如常，但其實已經緊張得箭在弦上。

陸悍驍心思細，察覺到她隱忍克制的躁動，於是在考試前一晚——「換件衣服，我們晚上出去吃飯。」陸悍驍一把闔上周喬手裡的書，吊兒郎當地問：「書有我好看？」

周喬沒心思，「我不出去了，我再看一下。」

陸悍驍把書背在身後，「該看的都看了，不會的，現在看也沒用。妳這叫考前症候群，我幫妳號號脈——我的天！竟然病的如此嚴重，只能親一下陸悍驍才能痊癒！」

周喬被逗笑，想了想，「好吧，我們出去吃飯。」

陸悍驍選了口味清淡的粵菜餐廳，服務生問道需要什麼飲品時，陸悍驍要了兩杯熱牛奶。

周喬奇怪，「你不喝可樂了？」

陸悍驍：「戒了。」

聽朵姐提過，他可是曾經一天要喝一瓶可樂的霸道總裁。

陸悍驍幫她布菜，解釋道：「那東西對男人身體不好，我還沒當爸爸呢。」

周喬一口牛奶差點噴出來。

「看把妳激動的。」陸悍驍十指交叉而過，虛撐著下巴，「難道我不可以當爸爸嗎？」

周喬舉手投降，「你想當爺爺都行。」

「嗯，妳願意就行。」

周喬猛地摳緊桌角。

陸悍驍不再逗她，笑著說：「吃吧。」

吃完飯時間還早，陸悍驍牽著她去江邊散步。兩個人如同所有普通情侶一樣，陸悍驍怕她冷，大掌心包裹住她的手，「明天就要考試了，是不是很緊張？」

周喬點點頭，「嗯。我去年沒考上。」

那時，在考試的前一晚，金小玉發現周正安出軌，撕破臉的架勢驚天動地鬧了一宿，周喬受了影響，考試發揮失常，心理陰影一直沒散。

「怕什麼？」陸悍驍握著她的手，收進自己的口袋裡，「我的喬妹妹這麼棒，一定沒問題。」

周喬心頭一陣暖。

「再說了，如果真的考不上，」陸悍驍轉過頭，目光落在她臉上，輕聲說：「我養妳啊。」

周喬愣了一下。

回過魂來，眼眶都要紅了。

陸悍驍從另一邊的口袋裡摸了半天，邊摸邊碎碎念，「下午上網查了好久哄女朋友的方法，裝了我滿口袋工具。」

說完，他率先摸出一根棒棒糖，三兩下剝除包裝紙後，往周喬嘴裡一塞，「朵姐說過，不開心的時候吃一根，人生沒有什麼是一根棒棒糖無法解決的。如果真的解決不了，那就吃兩根。」

甜意在唇齒間蔓延，壓倒了所有彷徨味苦。

陸悍驍繼續摸口袋，周喬順著望過去，只見他又翻出一個塑膠包裝。

「……」

怎麼還有保險套？

「抱歉抱歉。」陸悍驍趕緊塞回去，解釋道：「這個串場了，再等等，等等。」

周喬忍俊不禁，低頭彎起了嘴角。

見她笑，陸悍驍總算鬆了心。

兩人站在江邊，初冬夜淡，剛冒頭的寒意還算溫柔，陸悍驍穿著長款及膝的黑色大衣，質地上好，把他襯得玉樹臨風。

「喬喬。」

「嗯？」

周喬抬頭的瞬間，陸悍驍捏住敞開的衣襟，一左一右往外打開，就這麼把人圈了進來。

大衣包裹住兩人，周喬聽到他胸口的心跳。

「砰——砰——砰——」

她想開口。

陸悍驍的聲音自頭頂往下，「噓……」

就是這麼神奇，在這一聲聲的心跳裡，周喬整個人都從容了。

陸老師的心理療程弄完後，便早早帶她回了公寓。

睡前，陸悍驍還幫周喬熱了一壺奶，陪著她睡著後，陸悍驍才起身。

他沒有直接回自己的房間，而是拉開周喬的背包，默默地確認東西是否帶齊全。

身分證、准考證、寫字筆……

陸悍驍反覆清點了兩遍，動作頗輕地退出臥室，從自己那拿了兩支筆和一包紙巾放進周喬包裡。

有備無患，細心點總是好的。

萬無一失之後，陸悍驍把臥室門關上，變窄的門縫像是電影的慢鏡頭，每一幀都寫滿了用心。

當光亮完全攔在門外，床上的周喬才慢慢睜開眼睛。這一刻，周喬已經淚流滿面。

第二天，陸悍驍起得比誰都早，為了保證路途順利，和周喬早早趕去考場。

「記住我昨天說的，考上了，妳是香喬喬，考不上，我養妳。」

一路上，陸悍驍的嘴巴沒停過。

「碰到不會的題目，別害怕，反正先把卷子寫滿，中間插幾句魯迅名言。」

周喬噗嗤一聲笑了出來。

「對了，記住妳叫什麼嗎？千萬別寫錯名字。」陸悍驍越說越脫韁，「深呼吸，千萬別緊張！」

周喬看向他，輕鬆道：「你比我還緊張啊。」

陸悍驍咽了咽喉嚨，「幫我開瓶水。」

順利到達考場外，附近實施了交通管制，陸悍驍的車進不去，只能止步。

周喬背好包，推門下車。

「周喬。」陸悍驍滑下車窗。

「嗯？」

陸悍驍對她比了一個「OK」的手勢，「我的喬妹妹要加油！」

周喬笑得神采飛揚，又折身跑了回來。她微微彎腰，對駕駛座上的男人輕輕說了一句——「考上了，我就讓你當爸爸。」

陸悍驍驚得頭髮差點立正。不等他反應過來，周喬已經跑出老遠，她的背影堅決而自信，幾公尺之後沒回頭，而是突然舉起雙手，比了一個愛心的手勢。

陸悍驍喜悅滿眼，笑得闔不攏嘴。他點開手機，進入群組，開始瘋狂送紅包。

爽！

目送周喬進入考場，陸悍驍怕等一下車多堵住路，便先離開。

陸悍驍就近找了家咖啡館，他跟朵姐打了招呼，今天不去公司了。

兄弟群組裡，搶紅包最快的永遠是賀燃。

陳清禾：『靠，我來什麼都沒有了，姓賀的每次都這麼早，你是不是不過性生活的啊！』

陸悍驍：『閉嘴，今天要說吉祥話。』

然後連著送了五個滿額紅包。

陳清禾：『國泰民安，五穀豐登，周喬金榜題名。』

陸悍驍高興了，繼續往裡面砸紅包。

這一上午，他幾乎是數著秒針過，開著電腦放桌上，一張報表也沒看。

九點半，題目應該做完一半了吧？

十點，也不知道臭喬喬有沒有漏題目。

好不容易熬到十一點，陸悍驍收拾東西，走路過去接周喬。考試結束，又等了一下，周喬出現在門口，陸悍驍朝她招手。

周喬小跑過來，挺驚訝，「你一直在這？」

陸悍驍理所當然地說：「我可是家長，我不等誰等啊？」

之後，他閉口不問她考得怎麼樣，生怕增加半分心理負擔。

陸悍驍帶周喬吃了午飯，就去到早就訂好的酒店午休。

「妳睡一下，一個小時後我叫妳起床。」陸悍驍拿過她的包，「剩下的交給我。」

周喬順從地進去休息，陸悍驍拿出手機設了鬧鐘，這才拉開她的包，一樣樣地檢查東西。

陸悍驍將周喬上午考試用過的筆，全部更換成新的筆芯，換完之後還在紙上試寫了幾行字，流暢好寫才放心。

由此可見，他為了早日當爸爸，也是操碎了小心心。

就這樣，陸悍驍為當爸爸努力著，終於熬到了最後一門考試結束。

不同於前日的好天氣，考試結束，陰雲當頭，周喬出來的時候，還有零星雨點。

「這！」接考的陸悍驍穿了一身騷騷的純白大衣，遠遠望去很年輕。

周喬一路跑過來，陸悍驍張開雙手接住她，「哎呦我的天，小炮彈！」

「終於結束了！」周喬笑得如釋重負。

陸悍驍的手在她背上撫了兩下，評價說：「再不結束，我的喬妹妹就要瘦成排骨了。」

周喬抬眸，滿眼輕鬆，「晚上帶我去吃好吃的。」

陸悍驍挑眉：「行啊，明天帶妳去約會。」他正了正臉色，小聲說：「妳有沒有發現？」

「什麼？」

「旁邊情侶也有挺多對的，但我是男朋友裡最帥的。」

周喬抿笑，也湊到他耳邊，「也是最老的呀。」

「周喬！」陸悍驍炸了，哪裡痛往哪裡戳，不可饒恕。

「別生氣。」周喬的手從他的脖頸移到腰間，緊緊地抱住，「你太過分了。」

「我哪裡過分了？」

眼見陸悍驍一臉鬱悶和失落，周喬的唇似有若無地貼著他的臉頰，「你長出了我未來另一半的樣子，這還不過分？嗯？」

陸悍驍聽後，捂住胸口，表情誇張，「心跳二百五，救命！」

就這樣，周喬為之二次努力的考試，平平安安地落了幕。

晚上，齊阿姨展開畢生所學，弄了一桌滿漢全席以表慶祝。

「喬喬吃個雞腿。」齊阿姨忙不迭地布菜，「悍驍，這個雞屁股肥而不膩，給你了。」

「為什麼她有雞腿，我只能吃屁股？」陸悍驍心好痛。

周喬含著笑，夾雞翅給他，「你吃這個，這個肉也多。」

「不行不行！」齊阿姨趕緊阻止，「悍驍不可以吃雞翅膀的呀，吃了就會飛走噠！」

周喬：？？？

還有這種操作。

陸悍驍靠近了，對周喬擠眉弄眼，「聽見沒，妳要是敢對我不好，我就吃兩個雞翅膀，飛到天上去。」

周喬雲淡風輕地點了點頭，「吃你的雞屁股。」

「吃什麼補什麼。」陸悍驍眨眨眼，「我的屁股已經很翹了，真的不需要了。」

周喬嗆了口水，猛烈咳嗽。

「看把妳高興的，」陸悍驍邊撫她的背邊說道：「不就是一個屁股嘛，我又不是不給妳摸。」

周喬瞅著廚房，「小點聲音，齊阿姨要出來了。」

「齊阿姨出來怎麼了？她出來就不准我有屁股嗎？」陸悍驍不開心，「別以為我不知道，妳覬覦它很久了，怎麼？敢想不敢摸啊！」

周喬夾起一塊雞胸肉堵住他的嘴，「吵！」

陸悍驍的注意點總是那麼別致，他嚼了兩下，真誠地提意見，「下次能不能換成別的胸給我吃啊？」

周喬聽得臉紅燥熱，閉緊嘴巴不理他。

陸悍驍心情頗好地吃完飯，然後吹著口哨起身，「回臥室看片囉！」

他回房間沒多久，周喬就收到他傳來的訊息。

『明天穿漂亮一點，男朋友帶妳約個會。』

後面還跟了一個顏文字。

來自小陸總純情少年般的微笑：(＾＿＾)。

# 第十五章　請多關照

第二天，周喬起了個大早，按著昨天搭配的衣服又挑選了一遍，最後選了件白色的呢子大衣。她在鏡子前照了又照，覺得不好看，又換了身深色的，就在出門前，心裡又糾結，索性換回原來的。

周喬揉了揉自己的臉，「淡定點，約個會而已。」

打開臥室門，陸悍驍正巧也出來。

「你……」周喬望著他一言難盡。

陸悍驍低頭看了看，再抬頭，「怎麼？不好看啊？」

好不好看是其次，只是這寒冬臘月的，為什麼要穿一套春裝？

周喬皺眉問：「你不冷嗎？」

陸悍驍酷酷地搖頭，「超暖和。」

周喬根本不信，走過去捏了捏他的外套，「這是單層的，裡面呢？天，裡面你只穿了件薄襯衫？」

陸悍驍逞強道：「我陽氣旺，不冷！」

周喬服了他，「你……」

「走吧走吧。」陸悍驍直接攬上她的肩膀，「欸？妳怎麼只注意到我的衣服，我今天的髮型也有變化。」

「……」

為什麼弄中分？

「我看雜誌上的小鮮肉模特兒都梳成這樣，本來還想弄個復古眼鏡凹下造型，後來想想還是算了。」

哎呦喂，我謝謝您嘞！

周喬看著他一身時髦裝扮，心裡明白得很，這真是三十歲的身體，卻有一顆不服老的心吶。

三十歲不服老的男人，挑的約會地點也很童真——遊樂場。

「哇靠，看那個雲霄飛車，好刺激嗷！」陸悍驍一進園區，就跟脫韁的野駒似的。

周喬抬頭，看著遠處高聳的設備，車上遊人的尖叫聲一浪高過一浪。

「那還有跳樓機！」陸悍驍感嘆道：「這不是為我量身打造的嗎？」

周喬好笑，「你想跳，隨時隨地都可以呀。」

陸悍驍人老心不老，看樣子是平日工作太多，難得有這麼放鬆的時候。

「我們先從海盜船開始玩好不好？」陸悍驍自行拍板，「就這麼決定了。」

周喬看著他興致高昂，心情也變好，同意道：「好，你先去排隊，我去買兩瓶水。」

陸悍驍一八五的身高立在人群裡，又一身騷包的春裝新款，著實引人注目。

周喬很快回來，走到他身後。

陸悍驍背對著她，只覺得頭上一壓，就被戴上了什麼東西。

周喬踮起腳，「別動。」調整好位置後，「可以了。」

陸悍驍問：「是什麼？」

「米奇耳朵。」周喬笑著說：「還會發光哦。」

她頭上也戴了一個紅色的，和陸悍驍的藍色是情侶款。

陸悍驍晃了晃腦袋，拿出手機，摟住周喬說：「寶貝，看鏡頭。」

咔擦。

男帥女美頭挨著頭，自拍都不用修圖的。

陸悍驍得意地傳到兄弟群組，『天王巨星 Lu。』

陶星來回覆得最快，『你讓我心碎，你讓我流淚，為什麼要跟我搶飯碗？』

陳清禾一串驚嘆號，『驍兒，你還戴著貓耳朵呢？答應我，換身女僕裝，三〇二房間今晚不見不散。』

陸悍驍看著兄弟的回覆正笑呢。

突然收到一則提示——『你已被移出群組』。

「……」

賀燃臭不要臉！

兩人玩完海盜船，又去玩雲霄飛車，陸悍驍有點後悔今天梳了中分，畢竟一圈雲霄飛車下來，差點沒吹成禿頭。

禿頭就算了，腳還發軟。

周喬伸手扶著他，「怎麼樣？能不能走？」

陸悍驍差點跪地上，「這什麼破車啊，我要投訴，屎都快震出來了！」

周喬哭笑不得，「雲霄飛車不是都這樣嗎？」

「那妳為什麼沒事？」陸悍驍緩了好一陣子才能直立行走，指著前面的木牌，「那個是什麼？」

「……」

不識字嗎？那麼大的「鬼屋」視而不見啊？

陸悍驍典型的好了傷疤忘記疼，風風火火地拖著周喬往前去，「曾有武松上山打虎，今有悍驍下田捉妖。」

周喬拉住他，「裡面挺嚇人的，你確定要玩？」

「再嚇人能有陳清禾嚇人？他醜成那樣我都不嫌棄。」

好吧，你開心就好。

十五分鐘後——鬼屋裡傳來驚天哭泣。

「救命啊！我要出去！吊死鬼，那裡有吊死鬼啊啊！」

周喬快要崩潰，「我的手都被你勒疼了，陸悍驍！」

「抱緊我，抱著我，我靠太害怕了！」

「早說了讓你不要進來了。」

周喬覺得，這一天下來比她考試還累。玩到下午，陸悍驍已經神情呆滯，坐在長椅上，有風吹過，露出他飽滿的額頭，上面彷彿刻了四個字：悵然若失。

周喬雙手環胸，站在他面前，噗嗤一聲笑了出來。

陸悍驍抱緊自己，天色漸淡，春裝有點扛不住了。他吸了吸鼻子，可憐兮兮地望著她，「我好冷。」

周喬挑眉，「別怕，畢竟你是時髦男孩。」

「是嗎？」陸悍驍自我懷疑，然後忍不住，兩個人相視大笑。

周喬笑著笑著，朝他走近，對坐在長椅上的陸悍驍張開手，輕輕柔柔地將人摟進腰腹間。

冬日天淡得早，色彩變換極盡溫柔。

許久之後，周喬低頭，問懷裡的人，「暖和些了嗎？」

陸悍驍腦袋埋在她柔軟的小腹上，跟顆蘑菇似的，搖頭。

周喬捧著他的臉，陸悍驍被迫抬起，迎面而來的，是一個吻。

女生特有的細膩觸感，讓人荷爾蒙飆升，周喬耐心繾綣，旁若無人投入用心。

好像一天的約會，就為了等待這一個完整的句點。

從遊樂場出來，兩人吃過晚飯，有說有笑地回公寓。

車子開去停車場，下車後，陸悍驍從背後摟著周喬連體嬰似的走路。

「這身衣服你從哪買的啊？還是牛仔布料。」周喬的下巴抵著他堅實的手臂，笑著問。

「牛仔衣服顯得年輕，我怕走出去，別人說我是妳叔叔。」

「陸叔叔好。」

「喬妹妹，妳欠揍呢？」

你儂我儂，兩人全然沒注意到停車場裡的動靜。

一輛鮮紅色的跑車乾脆俐落地停入車位，中年女性邊打電話邊下車，一身黑色的長款大衣垂落腳踝，高跟靴細長，踩地時聲音清脆。

徐晨君聲音凌厲——「我不管他是誰的親戚，明天退回人力資源部，損失從他薪水裡扣，這個月的扣不完，就扣下個月的！聽清楚了，我們部門不養閒人！」

一通電話掛斷，另一通緊接而來。

徐晨君迅速接聽，「說。」

聽了一下，她表情犀利，語氣冷諷，「在誰手上出的事，就由誰負責。怎麼負責？呵，你們建築一隊的，排成一行立正稍息，然後一人發把菜刀，按著順序自己切腹！」

徐晨君眼微瞇，落向在等電梯的熟悉身影。

「今晚沒弄乾淨，結算款一分錢也別想拿到。」簡明扼要地掛斷電話，徐晨君已經走到抱成一團的兩人身後。

她抬手，看了看手腕上的錶，語氣相對於剛才，已經是格外開恩了。

徐晨君說：「從我下車到現在已經兩分三十秒，二位，鬆開歇歇吧。」

周喬不明所以地回頭，還沒搞清楚狀況，就聽到陸悍驍意外地吼一嗓子——

「……我靠，媽，妳怎麼過來了！」

周喬是個機靈人，一聽那聲「媽」，她趕緊用手肘推開陸悍驍，站得筆直，恭恭敬敬地打招呼，「伯母您好！」

徐晨君目光較之剛才，已經是相當慈母光環了，她微微點頭，「妳好。」

陸悍驍有點不爽周喬撇開他，胸口被手肘頂得好疼。

「媽，妳大晚上的過來，帶雞腿給我了嗎？肚子好餓，沒帶的話，妳帶我去吃宵夜好不好？」

徐晨君最煩兒子不正經，「都這麼晚了，飲食不規律很傷胃。」

「我的天呢，瞧您這話說的，簡直是教授水準。」陸悍驍笑臉走上去，攬著她的肩膀進電梯，「皇太后大駕光臨，您請進，欸！慢點慢點。」

只見他一溜煙鑽進裡頭，俯腰作勢要跪地去擦地板，「這有灰塵，千萬別髒了您的鞋底。」

徐晨君終究沒忍住，笑了起來，「臭小子。」

先把氣氛弄活一點，這技能是陸悍驍最拿手的。

三人齊進電梯，周喬乖巧地站在他們身後，表面沒什麼，其實都快緊張死了。

陸悍驍的媽媽原來長這樣啊，精明、漂亮，看起來很女強人。陸悍驍的容貌是繼承了她的好基因，母子倆像是同一個模子刻出來的。

「媽，您慢點，這有個門，您可別一頭撞上去了，畢竟這門挺貴。」

徐晨君聽到後半句，面容雖嚴肅，但眼裡的笑意在放大，「三十歲的人了，還這麼油腔滑調。」

陸悍驍一聽，敲了敲門板，糾正道：「二十九、二十九！」

徐晨君皺眉偏開頭，嫌棄地揉了揉耳朵，「嚷得我腦子疼。」

陸悍驍拿出鑰匙開門，「您頭疼？那可千萬別大意，我這有個偏方特別有用，不管是因為什麼而引起的頭疼，您只要吃點止痛藥，頭就不疼了。」

徐晨君：「……」

周喬小心地瞥了她的臉色一眼，欸，比下午的鬼屋還要恐怖呢。

進門後，齊阿姨迎上來，驚喜道：「晨君來了，餓了吧？渴了吧？累了吧？我去做酒釀丸子給妳，喝開水還是喝可樂還是喝雪碧啊？」

徐晨君知道這位大姐姐的熱心腸子，趕緊攔下，「齊姐妳別忙，我只是來看看悍驍。」

周喬眼明手快，主動去廚房倒了杯常溫水出來。

「伯母，您喝水。」

徐晨君端坐在沙發上，背脊挺得筆直，接過後喝了一口，才說：「謝謝小喬。妳考研究所的事我聽老爺子提起過，也怪我平日工作太忙，不然早該來看看妳。悍驍我就不指望了，好在有齊姐幫忙照應，不然，我們就太對不起人了。」

一席話說的得體熱絡，周喬忙說：「伯母，是我打擾你們才對。」

徐晨君的目光落在她不自覺摳緊的手指上，一眼就挪開，然後不動聲色地繼續喝水。

陸悍驍回房間換了身斑點圖案的家居服，走出來後，自然而然地就要往周喬身邊坐。周喬防著呢，快他兩步往沙發右邊挪了一公尺，就像畫了條三八線。

她讓了個位子出來，「陸哥，你坐那。」

陸悍驍眉頭微蹙，這麼刻意地拉距離是什麼意思？

徐晨君當沒看見，之後的十五分鐘，和兒子聊了些常規內容，最後再囑咐他注意身體，便起身要走。

「我明天還要出差，就不久待了。」徐晨君拎起包勾在手腕處，又對周喬道：「有什麼事情就跟悍驍說，在這安心住下。」

陸悍驍笑著送她下樓，邊走邊說：「有我在，肯定安心。」

隨著兩人走遠，剩下的話周喬也沒聽清楚，聽到的最後一句是徐晨君對兒子說：「我看你是不安好心。」

周喬摳著手指越來越用力，這……伯母是知道了嗎？

電梯裡。

陸悍驍站在後面一點，伸手去摸徐晨君頭上的髮飾，「喲，水晶做的呢。」

「別碰。」徐晨君抬眼，問他：「這女孩就是周喬？」

「對。」

「金小玉的女兒？」

「是啊。」

徐晨君不再說話，看著電梯螢幕的數字跳躍減少，終於平靜發問：「你是什麼想法？」

陸悍驍還是笑，「呵呵，您消息挺靈通啊。怎麼知道的？占星術還是街邊瞎子算命啊？」

徐晨君賞了他一記正宗白眼，提醒道：「你們今天是不是在遊樂場？」

哦哦，原來是公共場合被熟人盯上了。切，打小報告的沒雞雞。

陸悍驍大方承認，「我喜歡她啊，她也喜歡我，我們兩情相悅天天愉悅，只差一匹野馬，就能紅塵作伴共赴美好明天了。」

徐晨君神情莫測，眉頭比方才更深。但她仔細想了想，陸悍驍能用這種語氣開玩笑，可能也不是當真的。

加之徐晨君向來不喜歡管這些雞毛蒜皮的事，於是就沒再追問。

陸悍驍繼續摳她頭上的髮飾，「媽，我覺得妳披頭散髮的造型比較好看。」

徐晨君：「……」

自從生下這個兒子後，自己還能活到現在，也算自強不息了。

陸悍驍收手，環在胸前搭著，要笑不笑地看著母親，「機會合適了，再正式介紹給你們認識。」

徐晨君依舊只當是玩笑話，畢竟兒子不正經已經是常態。

她說：「我對她媽媽的認識已經十分清楚。」

「喲，妳們還是老熟人呢。」這可好，兩家知根知底，以後談起來也簡單不少。

陸悍驍沉浸在如意算盤裡，根本沒注意到徐晨君眼裡淡淡的鄙意。

到了停車場，送她上車，陸悍驍單手撐著門框，彎腰揮手，「皇太后，慢點開啊，跟老陸說一聲，週末回去陪他打麻將。」

徐晨君繫好安全帶，「署裡特別忙，你爸週末又要去北京開會。」

陸悍驍忙叮囑：「讓他帶隻烤鴨給我，饞死那個味了。」

徐晨君俐落地將車門關上，油門轟轟飆了出去。

陸悍驍吃了一嘴廢氣，呸了好幾下，對著漸行漸遠的車尾燈呼喚：「徐總，我們有必要去滴血驗個親！」

坐電梯上樓，陸悍驍剛出電梯，周喬就唰的一下拉開門。

陸悍驍嚇了一跳，「哎呦，守株待兔啊？」

周喬眨眨眼睛望著他，湊上來圍著他轉，「伯母走了嗎？她有沒有說什麼？有沒有說到我？」

陸悍驍要笑不笑，故意不開口。

周喬急死了，掄著拳頭揮舞，「怎麼了嘛？」

陸悍驍化作凶狀，「剛才妳為什麼不和我坐？躲我躲得那麼遠。」

周喬：「你媽媽在呢。」

陸悍驍：「我媽媽在，妳就躲我？」

周喬努努嘴，不說話。

「我生氣了，妳自己看著辦。」陸悍驍扔下話，說走就走。

周喬情急之下，伸手就去抓他，手臂沒撈著，直接揪住他的衣領。慣性力使然，陸悍驍瞬間被勒成了吊死鬼。

他吐出舌頭，兩眼上翻，喉嚨被扯得發疼，公鴨嗓吼道：「周！喬！」

「完了完了。」周喬趕緊鬆手，趁他一陣猛烈咳嗽的間隙，默默的、迅速的，溜進了臥室。

陸悍驍邊咳邊追，「花妹妹哪裡跑！」

結果進門差點撞上齊阿姨。

齊阿姨正敷完面膜呢，一聽可開心，謙虛地摸著臉說：「不敢當不敢當。」

「……」陸悍驍摸了摸自己發緊的喉結，呃，老寶貝您開心就好。

他去敲周喬的房門，邊敲邊聽見齊阿姨在講電話。

「我跟你說啊，剛才我們家悍驍誇我是花妹妹呢哈哈哈，把我說得這麼年輕哈哈哈。」

陸悍驍正一言難盡呢，房間門鎖「咔噠」一聲輕響，周喬理虧地開了門。

他撞進去，再「碰」的一聲把門關緊。

周喬乖乖地對他伸出手，手裡捏著一盒牛奶，討好地說：「給，喝牛奶長高。」

陸悍驍接受了賄賂，吸管戳進去，咕嚕咕嚕地吸了起來。

周喬又補充：「喝牛奶還長腦子。」

聽了這話，陸悍驍「噗」的一下，一嘴奶全吐了出來。

周喬躲閃不及被噴了一臉，目瞪口呆立在原地。

陸悍驍看著她沾滿奶漬的臉蛋，那液體白白的，在鼻尖上凝成一大顆垂涎欲滴，我靠，看起來好壞壞嗷。

陸悍驍心臟砰砰跳，無辜地問：「需要我幫妳舔乾淨嗎？我可以的。」

周喬心跳二百五，舉起雙手往臉上胡亂一擦，「不需要了。」

陸悍驍按住她的手，將人拉入懷抱，沉聲說：「我就想舔，怎麼辦？」

周喬一臉奶地看著他，兩人都是長睫毛，都能對刷上了。她咽了咽喉嚨，輕輕閉上眼。等待著。

陸悍驍勾嘴，突然說了一句，「奶香味的周喬不是用來舔的。」

「嗯？」周喬沒聽明白。

陸悍驍用唇堵住她的嘴，「……是用來泡的。」

他用日常耍嘴皮，實踐了一次什麼叫做泡妞我有理。

這一晚與徐晨君的初次會面，由於沒鬧出什麼事情，就這麼拋之腦後，二人繼續憧憬美好未來了。

陸悍驍耍完周喬的嘴皮之後，美滋滋地說：「明天我會早點下班。」

周喬被吻得神魂顛倒，還沒喘過氣。

「晚上，妳陪我去看演唱會。」

「啊？」周喬側目，您一把年紀還追星呢。

「Fish知道吧？我喜歡她那個嗓音，高音能上天，低音能入海，明天晚上妳就知道了。」

陸悍驍說：「以前都是我一個人，沒人陪我去，VIP座位上全他媽是一對對的情侶。」

「……」

說重點。

「下次我就長了記性，買票的時候，把VIP位都買了，一個人包場。」陸悍驍得意極了，「我聰不聰明？」

周喬如實評價：「你錢挺多，人也挺傻的。」

「我一點都不傻。」陸悍驍反駁說：「我要是真的傻，怎麼會追到妳這麼好的女朋友。」

周喬被強行塞了一顆糖，雖然有點尬，但是好甜吶。

陸悍驍趁她沉迷發愣之際，又突然伸手，指腹摩挲在她嘴唇上。

「我真是罪該萬死，妳都被我親腫了。」

周喬只覺得渾身顫慄，下意識地說：「那你下次輕點。」

「哦。」陸悍驍應了聲，然後迅速低下頭，周喬措手不及，「你、你幹什麼？」

陸悍驍跳動的眼裡，全是她的模樣，他彎嘴笑，聲音低。

「聽妳的話，這一次，我輕一點。」

周喬被迫接受了今晚的第二次人工呼吸，陸悍驍簡直就是個吸氣筒，非要把她榨乾才住嘴。

周喬被他抵在書桌邊，可以說，這個書桌見證了他們耍流氓的所有直播畫面。每次接吻，周喬到最後兩分鐘都會受不住地摳緊桌角。

眼見著這個桌角的凹槽已經越來越深，剛好是周喬手指的形狀。

陸悍驍一點也不浪費，邊吻邊含糊地說：「留著它。等下個月妳考試成績出來，它還有別的作用。」

周喬別開頭，喘著氣問：「什麼作用？」

陸悍驍抱著她的腰，用力一墊，周喬就坐上了桌面。陸悍驍壓近，兩人緊緊貼合。

陸悍驍真的已經快收不住了，他反射般把她推遠了點，表情似痛苦似抗拒。然後眼神純真，一本正經地回答問題：「我們兩個可以在上面……就是不穿衣服的那種，跳個迪斯可啊……」

「同居」這麼久，周喬對陸悍驍的嘴炮技能已經習以為常。每次她都一笑帶過，但細微的感知從不騙人，自從她考試結束後，陸悍驍那顆蠢蠢欲動的心，似乎越來越顯山露水了。

周喬怎麼可能不知道。

陸悍驍自嗨了一下，下巴洩氣地抵在她肩膀上，「太慘了，我真是太慘了。」

周喬抬起手揉了揉他的後腦勺，「你跟我說實話，真的沒談過戀愛嗎？」

「和女人看電影算不算？」陸悍驍想了想，坦白自己的心路歷程。

「剛回國時，親朋好友時常張羅相親宴，為了應付我也會挑著去見面，親戚沒坑我，介紹的都是條件不錯的女人，出於禮貌，吃過飯一起看看電影，傳訊息聊了幾次就不了了之，回頭再一翻，對方把我刪除好友了。」

陸悍驍鬆開她，也靠著書桌，開始憶苦思甜，「小時候我挺皮，老是惹事，我爺爺是典型的狠人教育，皮帶都抽斷過兩根，動不動就把我關小黑屋不准吃飯，有個一起長大的女孩，每次都偷偷塞肉包子給我，心跟她的人一樣美。」

「長大了她才告訴我，那包子都是她家擼擼不吃的。」

周喬問：「擼擼是誰？」

「她們家養的一隻京巴犬。」陸悍驍越說越覺得自己慘，「能和我知根知底的異性，好像只有她一個，但她用狗都不吃的肉包子餵我，實在是太敗壞好感了。」

周喬笑著聽他的童真往事，順口問：「那你們現在還有聯絡嗎？」

「熟得很，妳和她吃過飯的。」陸悍驍說：「後來，她就成了賀燃的老婆。」

周喬恍然知曉，「原來是簡皙姐啊。」

陸悍驍掰著手指頭，「二十四歲之前沉迷知識的海洋不可自拔，二十四歲之後為了事業而奮鬥，大把時間全奉獻給了酒桌。妳說，就我這樣的，找了女朋友，沒時間陪，人家也會甩了我。」

其實青春十年也就眨眼的事，充斥著忙碌，根本無心其它。等到順暢穩定，事業有成，時間開始屬於自己時，周喬就出現了。

一切只是剛剛好。

說完自己的，陸悍驍側頭問：「好了，該輪到妳坦白從寬了，我警告妳啊，別留著什麼前男友的合照，被我發現妳就等著看我發瘋吧。」

周喬笑意滿眶地看向他，「哪有你說得這麼誇張。」她低了低頭，誠實道：「你是第一個。」

「喲呵，太巧。」陸悍驍站直了，跟抽刀剖腹似的迅速伸出右手，「我也是。第一次當初戀，請多多關照。」

周喬挑眉，手掌往他掌心一拍，陸悍驍趁機握緊，手指頭擠進去，強行凹了個十指相扣的造型。

陸悍驍握著她舉至胸口，然後輕輕撞了撞，輕輕說：「這裡，連著心。」

# 第十六章　別有用心

第二天兩人約好去看演唱會。

陸悍驍說會早下班，沒想到早到中午就直接回來了。吃過飯，他撅著屁股在臥室裡翻箱倒櫃。

周喬走過去，看著滿地的亂七八糟，撿起一個看了看，驚嘆道：「你還有燈牌！」

一串他偶像的名字，字上用彩燈纏繞，正中間升起一顆大星星，按下開關，簡直閃瞎人眼。

陸悍驍無所謂地說：「粉絲後援會每個人都有一套，還有貼紙，等一下我幫妳貼幾個到臉上。」

周喬一言難盡地對他伸出大拇指，「服氣。」

陸悍驍把裝備找齊，遞給她一個塑膠袋。

「這是什麼？」

「情侶裝啊。」

周喬才不相信，打開一看，「這是你們後援會的會服。」她當即拒絕，「我不穿，你和別人當情侶去吧。」

陸悍驍一聽著急了，「好好好，妳說穿什麼就穿什麼。」

周喬有點接受不了他這浩大的聲勢，於是道：「穿正常點的衣服行嗎？」

最後，兩人終於著裝正常地出門。但陸悍驍還是捨不得放棄他一袋子的應援裝備。停好車，他扒下後照鏡，開始往臉上貼花花。

因為偶像的英文名字，所以陸悍驍貼了三條魚在左臉。

周喬一看，皺眉道，「這是……鯽魚？」

「管他呢。」陸悍驍繼續貼右臉，這下更壯闊了，直接往上頭弄了兩條鯊魚。貼完還問，「這樣子是不是比較有殺氣？」

周喬呵呵，「殺氣沒看出來，傻氣倒是挺多的。」

陸悍驍很自信，「沒關係，等我綁上這個，整體效果就出來了。」

等等，您還有頭帶！

陸悍驍扯出一條冰藍色的綢帶，往額頭上繞了一圈，頗為熟練地在後腦勺打了個蝴蝶結，其實這種東西很常見，綢帶上無非刻著支持偶像的口號。

只是，周喬費解，「為什麼一定要選這個顏色？」

陸悍驍：「因為這是偶像的幸運色啊。」

周喬握緊拳頭，告誡自己一定要冷靜、冷靜。

她男朋友是個小公主，除了寵著他，又還能怎樣呢。

陸悍驍幫自己搭了一身迷弟裝扮，下車後，又從行李廂裡拿出螢光棒分給周喬，「給，炒氣氛用的。」

兩人正準備憑票進場，陸悍驍接到了朵姐的電話。

「什麼事啊？」

聽了一下，他臉色變沉，「早就通知我今天下午不在公司，現在又說有文件要簽？」

朵姐戰戰兢兢地回答：『是政府部門緊急下發的，下班前就要回覆，陸總，我這也是沒辦法啊。』

陸悍驍劈頭蓋臉一頓嚷：「哪個部門！讓它給我等著！」

朵姐嗷嗚一聲，『陸總，是您父親的部門。』

「……」陸悍驍有氣沒處出，只好提出，「我這邊走不開，妳過來吧，我把地址傳給妳。」

朵姐連連答應，她本以為老闆是去幹正經事比如應酬什麼的，結果一分鐘後滑開訊息，下巴都驚掉了，「天啊！老闆還追星呢？」

A區貴賓席，七號座位。

朵姐突突突地趕到，由於人太多，她擠進去的時候差點變成朵朵餅。

「陸總，這，我在這裡呢！」朵姐抱著幾本紅頭文件深情呼喚，走過去後一看陸悍驍臉上的鯽魚、鯊魚、草魚，表情複雜了三秒鐘，「呃，陸總，您今天的角色是……東海龍王嗎？」

「龍王」高貴地伸出手，「文件呢？」

朵姐迅速進入工作狀態，擰開筆帽，提醒道：「陸總，這上面不能用您的陸氏瘋體，上頭說了，必須用正楷。」

「要求一大堆，打麻將總愛賴帳，下次再也別想在牌桌上裝可憐。」陸悍驍嘀嘀咕咕，吐槽自己的署長老爹。

朵姐善意地微笑，「陸總，您嘴唇一張一闔的樣子，和你右臉的那條草魚好像嗷。」

陸悍驍細思極恐，趕緊閉上了美唇。

這疊文件全是一張張的紙，粗看沒多少，真的要簽起來，還挺費事。

陸悍驍簽了幾十張，心情很煩躁，「怎麼還有這麼多啊！」

演唱會就要開始了！舞臺上的燈光變暗了！

朵姐趕緊提醒，「陸總，正楷、正楷。」

周圍的觀眾用手機拍照錄影，興奮地上傳動態直播演唱會進度，只有陸悍驍畫風清奇，他蹲在地上，趴著座椅瘋狂補簽文件。就在最後一張簽完時，朵姐也被保全抓住。

朵姐雙手合十對著保安大叔眨眼睛，「大哥，小妹這就走。」

然後對陸悍驍愁眉苦臉，「陸總，我是從男廁所翻牆進來的，對了，這邊洗手間位子有點少，你一定要跑得夠快才能占到好位子！」

人間好祕書，非朵朵姐莫屬。

保全們把她押出會場，世界終於安靜了。

陸悍驍拿起螢光棒和拍掌道具，瞬間進入狀態，他站起來，對著舞臺又喊又叫，「你是魚兒我是海，海洋哥哥不離不棄！」

一旁的周喬用手撐著頭，別過臉，假裝不認識行不行？

陸悍驍自編自演了十多句押韻口號，相當博人眼球，周喬扯了扯他的衣擺，「那個……她還沒上場呢。」

陸悍驍不好意思地坐下，「抱歉，心情比較激動。」

周喬心裡不是滋味，冷漠臉地坐著。

陸悍驍靠近她，「咦？我家喬喬不對勁。」

「我姓周你姓陸，我們都不是誰家的。」

陸悍驍想了想，「這事好辦，明天去趟戶政事務所，什麼問題都解決了。」

周喬掄起拳頭打他，「好好看你的女神吧！」

陸悍驍湊到她脖頸間，用力嗅了嗅，「一股八二年的老醋罈子味。」

周喬被逗笑，「神經病。」

陸悍驍不甘示弱，「那妳就是神經病的老婆。」

周喬閉聲，被老婆兩個字弄得心跳二百五。

陸悍驍一把攬過她的肩，「這種醋有什麼好吃的，我話就撂在這了，以後我家戶口名簿上只能多兩個人的名字。」

周喬下意識地問：「還有一個是誰？」問完之後才覺得要死了，竟然入了陸草包的語言陷阱。

陸悍驍得逞的哈哈大笑，笑夠了才貼著她的耳朵沉聲說：「不記得孩子了？嗯？被妳吃了？」

周喬臉紅燥熱，捂著胸口表情痛苦。

陸悍驍略緊張，「怎麼了？」

周喬悠悠轉過頭，看著他說：「窒息了，需要人工呼吸才能活命。」

舞臺上映射出的光亮，將陸悍驍的眼底襯出一片星光，他面色平靜時，眼底是溫柔的銀河，他一微笑，眼底就是璀璨的流星。

這一刻，流星飛入周喬眼裡，陸悍驍直接吻了過來，舌尖靈活地撬開她舌頭，輕聲說：「我要做的不是人工呼吸，是……要妳流氓啊。」

隨著他的吻而來的，是漫天的歡呼聲，同時，舞臺上的光暨驟然變亮，就像炸開的煙花。緊接著，女聲動聽繾綣，款款開唱。

臺上的是偶像。

身邊的女孩，才是他的天后啊。

不過偶像就像一碗雞血，接下來的兩小時，陸悍驍還是把畢生熱情都奉獻給了她。

周喬冷漠地看著他上躥下跳，拉著橫幅激動地撕心狂吼，他腦門上的道具還會發光，關鍵是，燈泡還是鐳射型。周喬留意了舞臺上，那位偶像已經好幾次被燈光射中，眼睛刺得睜不開。

陸悍驍捧著胸口，「我的天，她在對我放電！」

「……」

救命，跳樓價甩賣粉絲。

周喬靜坐在位子上，旁邊有了陸悍驍，連好好聽歌都是奢望。她索性放鬆自己，歌也不聽了，全神貫注地觀察她二十九歲還沒成年的男朋友。

陸悍驍嗓門大，一個頂三個，還時不時地冒出押韻口號，他一點也不壓抑，喜歡就說，從不藏著掖著。還有他偶爾的深沉鎮定，總是能將自己的人生經驗，用輕鬆自在、平等交流的語氣分享出來。

周喬眼裡裝的全是他，看他鬧、看他笑，嘴角的弧度一直揚起。有這樣的一個人出現，生命都變得活潑鮮豔。

周喬拿出手機，拍了一張舞臺的絢麗光影，然後上傳動態——『二〇一六年冬夜，不看路人，不換愛人。』

演唱會結束後的交通宛若癱瘓。

哪怕陸悍驍把車停在最外面，開到馬路也費了半個小時。

為偶像獻聲兩小時，陸悍驍的嗓子已經冒煙了，連吃十粒喉糖才舒服一些。中途他接了一通電話，公司出了點急事，要趕過去處理。

周喬從他說話間已經聽出了個一二，連忙說：「你把我放在路邊，我自己坐公車回去。」

陸悍驍也沒繼續黏著，確實要事突發，他說：「前面有直達公車，就在社區門口停，身上有零錢嗎？」

周喬點點頭，「有的，靠邊吧，別耽誤你。」

下車後，目送車子尾燈匿於夜市裡，公車正好來了，周喬上車投幣，包裡手機在響。以為是陸草包，結果拿出一看——陸奶奶。

周喬的心莫名顛了顛，她扶穩把手，接聽，「陸奶奶您好。」

十五分鐘後，公車到站。

周喬一路快跑到社區門口，她四處張望，尋找老人家的身影。

「喬喬，我在這裡。」熟悉的聲音從背後響起。

周喬回頭，陸老太太正一臉笑地看著她，「看把妳跑的，等急了吧？」

「沒事。」周喬攙著她的手臂，「陸奶奶，您怎麼過來了？」

「親戚送了隻好土雞，燉了一天，可香了，我就拿來給妳嚐嚐。」

周喬趕緊道謝，「謝謝您牽掛，還要您跑一趟。」

「我純當鍛鍊囉，而且我也好久沒見到妳了。」陸老太太仔細端詳了她一番，「嗯，瘦了。哎呀，讀書是最磨身體的，這次啊，妳一定可以考上。」

繞過引路話題，周喬隱隱覺得，這才是老人家今天的重點。

她乖巧道：「陸奶奶，上樓坐吧。」

「不了不了，」陸老太太擺擺手，耳垂上的金玉耳墜緩緩搖，她說：「今天也不冷，妳陪我在這花園坐坐吧。」

兩人坐在長椅上，陸老太太關心地問：「喬喬多久出成績啊？」

「下個月。」周喬說。

「那也挺快。」陸老太太話鋒轉了轉，「在悍驍這，住得還習慣嗎？」

不等周喬回答，她又自顧自地嘆息，「我們悍驍啊，大大咧咧不懂照顧人，當初是我們兩個老頭考慮不周，光顧著這裡方便，離圖書館近。」

周喬手指摳緊，屏息等待。

「喬喬，妳可不要對爺爺奶奶生氣啊。」陸老太太握著她的手，放在掌心拍了拍，「等考上了，還要準備面試，事情也挺多，喬喬，我想過了，再幫妳單獨找個房子，就在學校旁邊。妳一個人住也方便，沒人打擾。」

周喬靜了兩秒，腦子裡百轉千迴地轉了幾個彎，已經明白過來。

陸老太太這麼明顯的拉開距離，旁敲側擊地提醒著她，是該從陸悍驍那搬出去了。

周喬抿了抿唇，低眼垂眸盯著自己的手，再抬起時，她笑的得體，「陸奶奶，謝謝你們的照顧，這段時間我也很打擾大家了，我也是這樣想的，考完試就打算搬出來。」

陸老太太面色有著些許難意，她把周喬的手握得更緊，「沒關係啊，妳要是覺得還習慣，繼續住也可以，我跟那臭小子說一下就行了。」

「不用了。」周喬斬釘截鐵，面帶微笑，「我本來就想一個人住。」

陸老太太「欸」了一聲，「好孩子，妳是個好孩子。」

冬日的晴夜，是明淨的。

周喬送走陸老太太後，她站在社區裡仰頭看了很久的天。

周喬低下頭，揪著自己的衣服緊了又鬆，再抬頭看天空時，為數不多的星星已經找不到了。

她有點煩惱，在想該怎麼告訴陸悍驍，自己要搬走的這個決定。

陸悍驍公司下屬的一間加工工廠，到貨的零件不對，為了這個事，陸悍驍上下銜接打通關係，忙了足足四天才完全解決。

解決後的第一件事，就是開事故分析會議。

會議室，陸悍驍陷在皮椅裡正低頭點菸，火柴藍幽的焰在菸頭上一蹭便熄滅。陸悍驍不緊不慢地吸了兩口，藐了在場的人一眼，「每個人，頭那麼低，幹什麼？」

沉默了兩秒，陸悍驍猛地一掌拍向桌面，「給老子抬起來！」

這聲巨響震得人身子一彈，陸悍驍把火柴盒丟到正中間，「兩個億的訂單，四千萬的利潤，交貨日期一星期後，白紙黑字的合約拿去打官司，違約金是你們出，還是我出？」

會議室裡鴉雀無聲。

陸悍驍的眼角「突突」微跳，是他動怒的標誌。

「進口的零件走貨輪進港，到了才他媽說，模子不對？我養你們幹什麼？吃閒飯還是擺姿態？」

陸悍驍語氣一聲比一聲重，「審計部，合約擬定的時候為什麼不明確責任歸屬？供銷部，現場監督驗貨，驗去哪了！」

其中一個負責人頭冒冷汗，戰戰兢兢地開口，「陸總，是我們失職，我願意承擔責任。」

「放心，少不了你。」陸悍驍冷眼冷言，半秒之後，交待祕書朵姐，「按公司規章制度，嚴肅處理。」

朵姐刷刷記下，「是，陸總。」

陸悍驍眼神示意，朵姐得令分發新的文件。

「我已與乙方初步達成統一意見，先從南部調貨，二號港口進最近的倉庫，再出錯，你們一個個提頭來見。」

眾人背脊發涼，聽到這話，終於鬆了口氣。

陸悍驍率先起身離開會議室，朵姐緊跟而上，端了一杯檸檬水進辦公室。

陸悍驍累了幾天，此刻重重地靠著椅背，仰頭看天花板。

朵姐把水杯輕輕放下，盡責提醒道：「陸總，注意身體。」

陸悍驍保持原來的動作，極淡地應了一聲，「嗯。」

朵姐剛要退出，突然停住，她想到一件事，轉過身說：「對了陸總，前兩天我看見周喬了。」

陸悍驍的神情終於鮮活幾分，「在哪？」

「海倫社區。」

這個社區在復大附近，因為靠近學校，所以對外出租的房子特別多。

朵姐描述那天的場景，「我一個表妹在裡面租了房子，三室兩廳，她想找一個合租的，正巧那天家庭聚會，吃完飯我送她過去，她說有人來看房子。」

陸悍驍的眉心緊成了一條豎著的縫。

朵姐點到即止，沒把握地說：「可能周喬是路過的。」

陸悍驍聽完，凌厲起身，拿起椅背上的外套往外走。

公寓。

「喬喬，我出去買點雞蛋。」齊阿姨出門前和她打招呼，「要不要吃什麼水果呀？」

臥室裡的周喬正在看電腦，聽到後說，「不用了，冰箱裡還有蘋果、香蕉沒吃完呢。」

「那好，想吃什麼打電話給我。」齊阿姨說完就出門了。

周喬邊看螢幕邊記錄，把一些篩選好租屋資訊寫到本子上。前兩天看的海倫社區那家，位置還不錯，只是租金貴了點。

周喬打算再看兩家，如果沒有更適合的，貴就貴點吧。

翻了兩頁，周喬去洗手間。坐在馬桶上她還在盤算著租金，市面上都是押一付三，這就意味著需要準備一萬塊錢，金小玉走前給了她五千，加上以前存的，可能剛好夠。

老家關係好的高中同學，上個星期才告訴她一些消息，金小玉和周正安的離婚大戰已經成了當地的轟動新聞。

周喬打過幾次電話給雙方，但無一例外的，均顯示號碼不存在。

應該是官司戰術需要更換電話，周喬自嘲地笑了笑，失聯父母，留守兒童。

等她從洗手間出來，邊走邊低頭用紙巾拭乾手，走進臥室才抬頭，這一抬不得了，嚇得連退三步。

只見陸悍驍閒適地坐在書桌前，摸著滑鼠看她的電腦。

這人什麼時候回來的？不是還沒下班嗎！

周喬咽了咽喉嚨，心虛地先說話：「你回來了啊。」

陸悍驍沒事人一樣，偏頭朝她笑了笑，「今天提早回家陪妳。」

周喬目光有意無意地看著電腦，邊走過去邊說：「公司事情解決了嗎？順利嗎？」

她的手放在筆電螢幕上頭，就要闔上。

「關什麼？」陸悍驍按住她的手，聲音平靜道：「妳在租屋網上買東西啊？」

周喬下意識地點頭，「啊，對。」

陸悍驍握著她的手，人也挪了個邊，和她面對面。

一個坐著，一個站著，周喬雖然居高臨下，但陸悍驍的眼神壓迫感十足。

他笑著，再一次問：「買東西？」

周喬覺得不對勁，剛要開口解釋，陸悍驍「啪」的一聲把滑鼠往桌上一砸，「妳要買衣服鞋子包，跟我說啊！上這破網站看什麼看！」

周喬被吼得渾身一顫，臉色也不好看了，「你幹什麼啊？」

「我幹什麼？」陸悍驍擺出一張冷臉，「妳給我幹嗎？」

周喬反應過來，閉聲沉臉，轉身要走。

「站住。」陸悍驍拽住她的手腕，「把話給我說清楚，買東西？買什麼？我現在就讓商場送過來！」

「你神經病啊。」周喬扭動掙扎，他越箍越緊。

「妳是不是想搬走？」陸悍驍在感情上不是個能藏事的人，他鐵青著臉，「我問妳是不是？」

周喬偃旗息鼓，冷靜下來，沉默幾秒之後，她承認，「對，我要搬出去住了。」

「為什麼？」陸悍驍的惱火最初源於她沒有第一時間坦誠，這時她親口認了，他也冷靜些許，問：「是不是我媽來找過妳？」

周喬否認，「沒有。」

陸悍驍直視她的眼睛，一動也不動。周喬任他看，自己也不躲。

他回想一番，徐晨君上週去法國，昨晚上還接了越洋電話，時間對不上，排除這個可能性。

排除他因，就更讓人氣憤了。

陸悍驍實在想不通，「住得好好的，為什麼要搬走呢？」

周喬說：「當初我到這裡來，就是為了考研究所。現在考試結束了，我……」

陸悍驍打斷，「可是我跟妳沒有結束啊。」

周喬的心狠狠一撞，她不動聲色地低下頭，假裝冷靜沉思。

再然後，用做檢討一般的語氣繼續說：「你別生氣了，其實仔細想一想，我沒有緣由地住在你家裡，你覺得適合嗎？」

陸悍驍不做多想地把手搭在她的肩膀上，「怎麼不適合？妳是擔心我家裡人知道嗎？我早就想帶妳正式去見面，之前一直顧慮妳考試，現在只要妳一句話，我們馬上出門。」

周喬當即拒絕，「不要。」

陸悍驍好不容易熱起來的眼神，又冷了下去。

周喬緩了緩語氣，「我的成績還沒出來，就算考上了，還要面試，還有好多事情。我不想現在分心。」

除了這個理由，她還能怎麼說？

那一晚，陸老太太冬夜親自上門，送的雞湯裡摻了苦口婆心的相勸。周喬不傻不蠢，陸老太太的一番話已經清清楚楚地隱含了一層意思：讓她自己解決。

周喬難道要跟陸悍驍說，你奶奶找過我了，她不喜歡我，要我搬出去？

且不說家人在陸悍驍心中的份量。就算他願意為她翻臉——一定非要逼陸悍驍做這麼俗氣的選擇嗎？

周喬忍下難以抉擇，先搬出去吧。同時她還心懷僥倖，搬出去不等於分手啊。

陸悍驍被她這個「考試沒結束，不能分心」的理由，堵得啞口無言。

剛在一起時沒選擇急於見父母，自己的初衷也是基於這點考慮。

難受和複雜以及不得不給予認同的情緒，纏在他心裡跟一團亂麻似的，攪得他苦不堪言。

陸悍驍煩躁地揉了把自己的頭髮，然後踹了桌子一腳，「不走可不可以啊！我們之前也一直住得好好的。」

周喬搖了搖頭。

陸悍驍幾近乞求，「我不吵妳不鬧妳，回家動作輕一點，不看電視不放音樂也不說笑話了，這樣也不行嗎？」

周喬覺得自己快撐不住了，她抬起頭，換上一副故作輕鬆的笑容，「你乖一點啦，搬出去我還是你女朋友呀。再說考上了，我也是要住去學校的。」

陸悍驍悶聲，「考上了也可以不住學校的。」

周喬親暱討好地摟住他的腰，抬頭去親他鬍渣微冒的下巴，撒嬌道：「幹什麼啊？你想金屋藏嬌啊？」

陸悍驍心軟了幾分，伸手回應她的擁抱，「我養得起妳。」

「我知道。」周喬不否認，看著他說：「你是一個這麼好的男人，我也想變得更好站在你身邊。」

陸悍驍劇烈起伏的呼吸在她這句話的安撫裡，已經平緩得差不多了。

他把腦袋墊在她的肩膀上，「妳是在哄我嗎？」

周喬的手一下一下輕撫他微凸的背脊骨，「不是哄你，是寵你。」

陸悍驍覺得不夠，執著道：「結了婚妳也要寵我！」

周喬先答應，「好。」

「那我們現在去登記。」

「……」

「妳不肯去！妳騙我！」

陸悍驍覺得心結還是難平，找了個理由，氣沖沖地出了門。

「我生氣了，妳自己看著辦！」然後「碰」的一聲關門響，他躲進了臥室。

周喬愣在原地，望著那傲嬌的門板，她腮幫鼓了鼓氣。

這位男朋友……似乎很欠缺安全感啊。

# 第十七章　男朋友的叫聲是駕駕駕！

接下來兩天，陸悍驍單方面宣佈冷戰。周喬和他說話，他揚眉抬下巴，「哼」的一聲躲得遠遠。

周喬喊他吃飯，他就拿起棉花棒誇張地掏耳朵，當沒聽見。

周喬主動求和好，等齊阿姨出門跳廣場的時候，溜進他臥室親親抱抱，這個時刻，陸悍驍是不會抗拒的，等她獻完殷勤，抱完親完。他就跳到床上呈「大」字，閉眼打呼。

陸悍驍每天默念十遍，「就不跟妳說話，氣死妳！」

而每晚上，當周喬熟睡之後，他又賤兮兮地推開臥室門，從門縫裡偷窺周喬氣死了沒。沒氣死，第二天再接再厲。

這麼幼稚的舉動，周喬看得又想笑又心酸。

陸悍驍缺乏安全感的症狀如此嚴重，用十六七歲男孩才使用的叛逆方式，去引起她的注意。周喬這兩日也沒閒著，又看了兩戶，其中有一戶還是男女合住，她不再猶豫，最終敲定了海倫社區那一家。

這日下班，陸悍驍進門就看見周喬蹲在房間，地上放著一個敞開的大行李箱。

她已經開始收拾東西了。

這一刻，悲憤從腳底板火箭發射，直衝天靈蓋。

陸悍驍丟下車鑰匙，鞋都沒換就撞了進去。

「我這幾天在生氣妳看不出來嗎！」他一擡闔上行李箱，吼道：「我不理妳，不和妳說話，妳感覺不到嗎！」

聽見動靜的齊阿姨突突突地跑過來，「怎麼了？」

陸悍驍怒聲，「出去！」

齊阿姨被凶了，揪著自己一頭黃捲毛「嗚嗚嗚」地跑回了廚房。

周喬眉色平靜，「你把手放開，我要把衣服放進去。」

陸悍驍堅持不鬆手，凶悍地和她對視。

一秒。

兩秒。

他的眼眶就這麼微微地紅了。

周喬愣住。

「我不想妳走。」陸悍驍啞著聲，似求似怨，「妳一走，就不會回來了。」

周喬心疼地摟住他的脖頸，讓他的腦袋埋在自己胸口，「不會的。我不回你這，我還能去哪裡？」

「我又老又鬧還幼稚，妳到外面會認識好多好看的，又會騙人的男生。」陸悍驍憂慮症犯了，「妳還年輕，可我不行了，我花了二十九年才碰上一個喜歡的。妳要是走了，我就出家當和尚！」

周喬輕輕笑了起來，「佛祖嫌你太吵，不想收你進門。」

陸悍驍趴在她懷裡安靜如雞。

周喬撫摸他背的手沒有停止動作，半晌，她說：「陸哥。」

懷裡傳來悶聲，「嗯。」

「吃完飯，你能不能帶我去江邊走走？」

半小時後。

陸悍驍興致缺缺地換衣服，周喬在臥室裡搗鼓了一陣子，收拾出一個小包拎出來。

她站在臥室門口，欲言又止好幾次，最後還是走上前，小聲地對陸悍驍說：「你要不要……帶點換洗的衣服？」

乍一聽沒明白，他偏頭，「嗯？」

「就是，等一下洗澡用的。」周喬聲音更低了。

幾秒之後，陸悍驍串在手指上的車鑰匙落了地。他轉過身，胸膛起伏加劇。

周喬用眼神無聲回應他的猜測。

是對的。

陸悍驍強壯鎮定，矜持高冷地下命令，「妳先出去。」

等人一走，他立刻瘋狂捶胸蹦跳，雙手握拳放唇邊捂住嘴，激動地在臥室裡轉了五個圈，最後往床上一跳，騎在枕頭上「駕駕駕」！

駕完之後，陸悍驍拉開衣櫃，他珍藏數年的幾百條內褲終於有了用處。

丁字的、網狀的、綁帶的，還有這種薄紗的。陸悍驍選了又選，最後，臉紅心跳的，把一條純白色偷偷塞進了包裡。

因為網路上說過，白色的……顯大。

出門前又帶了幾盒保險套，陸悍驍調整呼吸，拉開門，恢復一臉高貴冷漠。

賞給臉早已熟透的周喬一個字：「走。」

這一路，兩人全程沉默，只有越來越快的車速在彰顯陸悍驍的緊張和迫不及待。

周喬打破尷尬，問了個更尷尬的問題，「要不要……先上團購網訂個酒店……」

陸悍驍怒火邪火欲火升騰，「團購？妳把妳男人當什麼了！」

周喬識趣地閉了嘴。

上次那個八十八特價賓館對他造成的心理傷害太大，這次，陸悍驍一通電話吩咐下去，超五星最好的套房早就安排妥當。

周喬幾乎是被陸悍驍拖下車的。

「欸，你慢點，我手被你拽疼了。」

陸悍驍轉過頭，笑裡藏刀地說：「再多嘴，老子抱妳上去。」

貴賓電梯直達頂樓。

在電梯裡，陸悍驍忍不住了，到了房間後，周喬的嘴唇腫高了一公分。

「先，先洗澡。」她深呼吸。

陸悍驍點點頭，做了個您請的動作。

我滴個乖乖，很紳士嘛。

周喬洗完換陸悍驍洗。二十分鐘後——坐在床邊背對浴室的周喬，忽然發現房間裡的燈，全滅了。隨著「吚嗟」一聲開關輕響，一盞精油燈柔柔亮起。

周喬回頭。朦朧的光線裡，陸悍驍的好身材完全奉獻給她的眼睛。

肌理脈絡清晰順下，腹肌分格一塊塊很是明顯，是名副其實的寬肩窄臀。

周喬的目光順勢往下，腦子一懵。

陸悍驍深吸氣，邁開腳步堅定地走過來。

「周喬。」他念及她的全名，然後語氣一轉，用討好又撒嬌的口吻介紹：「我穿的是……子彈內褲哦……」

第二天早上，晴耀冬日。

齊阿姨六點起床出門買菜，七點之前俐落地做好三人份的早餐，再過十分鐘，她如常地去敲門。周喬和陸悍驍的臥室各自大門緊閉，周喬一向早起，今天也賴床了？

齊阿姨邊想邊敲，「喬喬，吃早飯了。」然後又走到一牆之隔的另一扇門，「悍驍，上班要遲到了。」

半天都沒有回音，齊阿姨覺得有些奇怪，她又等了一陣子，想想覺得挺詭異，於是轉動門把往裡推。門被推開了。裡面整潔乾淨的床鋪如新，周喬房裡的也是一樣。

齊阿姨反應過來，這兩人昨晚竟然沒回家？

她揪著自己一頭黃捲毛，「天，這進度有點快呢！」

對齊阿姨來說，進度是快，而對酒店裡的周喬而言，昨夜像極了蝸牛爬行——過得太慢了。

說實在的，陸悍驍並不像言情小說裡講得一樣，男主必須一夜跟金剛狼似的，他的倒是很簡短。從開始到結束不超過十分鐘。

對於這一點，陸悍驍全怪自己經驗不足，給自己加戲太多，就好比在一頓大餐之前，竟然先被甜食餵飽。

好在陸悍驍的學習技能突飛猛進，偃旗息鼓半小時後，開始掌握訣竅，不遺餘力地讓彼此開心。

他是開心了，周喬卻被弄得想哭。

回想一下昨夜的臺詞——

「好爽啊喬喬，我八塊腹肌全部露笑臉了呢！」

「周女士妳好，您的手能打開得再寬一點嗎？」

「天太棒了就是這個 feel！喬喬妳看鏡子裡的我，像不像一個電動小狼狗？」

周喬被他換著花樣都快弄殘了，然而她最想上論壇提問的是：為什麼我男朋友的叫聲是「駕駕駕」？

直到凌晨四點，陸悍驍才軟著腿去浴室洗澡。等他出來，周喬已經閉眼沉睡，怎麼叫都叫不醒了。

雖然他的腿也在顫抖，但還是接了熱水，幫他的女孩擦拭一遍身體。最後得出結論，女人還是要溫柔對待。

陸悍驍心裡的成就感冉冉升起。

收拾完一切，他反而睡不著了，點開兄弟群組又開始往裡頭扔紅包，且理由千奇百怪。

『陸悍驍好帥！』

『陸悍驍有錢！』

『陸悍驍年年十八歲！』

本以為深更半夜沒人活躍，哪知賀燃眼明手快，紅包都被他搶走了。

陸悍驍：『燃燃，你是起來尿尿嗎？』

賀燃：『我剛那個完。』

陸悍驍：『好巧噢，我也剛剛做完！』

靜了幾秒，賀燃一言難盡地回覆：『我是剛拉完屎。』

「靠，噁心。」陸悍驍就當紅包餵了屎，他關掉手機，躺向床上，把周喬緊緊抱在懷裡。聞著她身上濃鬱的屬於他的味道，陸悍驍滿足地喟嘆一聲，「初戀初夜給了我老婆，死而無憾。」

想到這，他把手搭過去，把人環抱住緊緊的，這才滿意地閉上眼睛。

周喬比他先醒。

這酒店在頂樓，放眼四周也沒什麼高過它的建築，所以窗簾只拉了一層薄紗。冬日的陽光溫柔地繾綣在紗簾上。周喬醒來時有那麼一瞬間恍然，不知身處何處今夕何夕。

是身上的各種跌打損傷式疼痛把她拉回現實。

「嘶……」周喬一動，大腿根像要裂開一樣。

陸悍驍的睡姿不太好，兩公尺寬的被子被他一個人裹了三四圈，如果不是帥氣的睡相挽救，真的很像老年人。

周喬掙扎著下床洗漱，習慣了一下，除了小腹有點抽筋似的疼，其餘也還好。她換好衣服從洗手間出來，陸悍驍也醒了，背對著她坐在床上一動也不動。

周喬走過去，「你要不要刷牙？」

陸悍驍回頭看了一眼，又轉回去，搖了搖。

「怎麼了？」周喬扶著他的肩膀，近了細看才發現，他背上有好多被指甲抓的紅印。

周喬臉龐發了熱。

「妳幫我把手機拿過來。」陸悍驍有點難以啟齒，「我問問醫生。」

周喬愣住，「醫生？」

「不知道別人是不是也一樣，第一次，某處地方好痛。」

「……」周喬清咳兩聲，支吾道：「是你次數太多了。」她聲音低進了嗓子眼。

悵然若失的陸悍驍眼神木訥，「是嗎？」

他低頭看了看自己的褲子，「可是我忍不住啊。不行，還是要問問。」

周喬搶過他的手機，「要不要幫你用喇叭廣播啊？」這種事也大肆宣揚，服氣。

陸悍驍委屈兮兮，「可是我很痛啊。」

「你上網查查嘛。」周喬越說越臉紅，「要不然拿點冰塊敷一下。」

陸悍驍腦袋上亮起燈泡，「這個主意不錯。」

他撈起內線直接打給前檯，很快接聽，『陸總，請吩咐。』

陸悍驍說：「拿點冰塊上來。」

『好的，請問是放在飲品中的冰塊，還是？』

「敷……」差點沒剎住說出那個直白的字。陸悍驍正了正語氣，「敷肩胛骨。」

冰塊很快就送了上來，還貼心地配了兩塊方巾。

陸悍驍把冰塊放進方巾裡包成一團，然後伸給周喬，「妳幫我。」

正在喝水的周喬一口噴出來，咳個不停。

陸悍驍哈哈大笑，食指微彎，在她的鼻樑上輕輕一刮，「妳占了我的便宜，還要傷我的心，太壞了吧。」

是你太不要臉了，吃虧的又不是你。

周喬拿起一塊冰往他胸口按，陸悍驍眼明手快地抓住她的手腕，再巧勁一擰，那冰塊就到他手上。

陸悍驍直接塞進嘴裡，腮幫微鼓，一點也不怕冰，剩眼睛在笑。

周喬被他困在懷裡，看他的臉越來越低，越低越近。就在她以為會迎來一個吻時，陸悍驍卻慢慢抬起手，將冰塊沿著她的嘴唇勾描形狀。

她被涼得本能後退，陸悍驍按住她根本不讓。

這種感覺很奇妙。

冰火相融的矛盾感在身體裡肆意發散，教會女孩什麼叫誠實。

周喬動了情，攬上陸悍驍的脖頸，主動迎吻。

少女，這樣玩火是會出事的啊！

陸悍驍又嚐到了人生初體驗，來了一發響亮的起床號角。

只是這個小號吹得代價有點大，兩個小時後，他人已經被送進了醫院。

急診。

「叫什麼名字？」

「陸……」

「什麼？」

「陸大王！」

「……」

「夫妻生活頻率怎麼樣？」

「五次。」

醫生筆尖一頓，抬起頭：？？？

陸悍驍覺得這位白大褂的眼神有點欺負人，「本來就是五次啊，沒有五次，我用得著進醫院嗎？」

急診醫生心裡驚嘆，一個月就是一百五十次啊。

陸悍驍才不會解釋，他昨晚才過上吃肉的生活呢。

經過一些常規化驗以及觸診，醫生得出結論，「你這個就是用力過猛導致紅腫疼痛，血液和尿檢裡沒有發現異常，但為了防止發炎，我開一支蘆薈膠給你塗抹，這幾日飲食清淡，最重要的是，性生活要節制。」

陸悍驍：「擦了蘆薈膠就能馬上不疼直立行走嗎？醫生，我可是被輪椅推進來的。」

醫生開始寫處方，那字體比陸氏瘋體還癲狂。

「又不是靈芝，哪有這麼快見效，輪椅先不收回，你可以繼續坐。」

就這樣，陸悍驍坐著輪椅進來，又坐著輪椅出去，他看的是男科，一路上引來不少非議目光。

周喬推著他，也是相當尷尬，把頭埋得低低的。等電梯時，一個小孩好奇地問媽媽：

「這個叔叔好可憐嗷，還要他女兒推呢。」

陸悍驍聽後毛都快炸了，兩眼一翻，腦袋一仰。

人間多一點真愛不好嗎？

到了車上，周喬才敢笑出聲，調侃地喊他，「陸叔叔，您身體好點了嗎？」

陸悍驍小心翼翼地挪動屁股，「妳就氣我。氣死我，財產都是妳的了。叔叔怎麼了？妳昨晚還不是被叔叔疼得滿身水。」

周喬起身捂他的嘴。

陸悍驍堅強地辯解，「水都還不讓人說了！臭喬喬！」

正打鬧，有人叩響車窗。

停車場執勤的保全大叔盡責地呼喚，「小夥子，你的車堵到後面的路了，麻煩儘快開走。」

「就走就走。」陸悍驍滑下車窗，笑著說：「我喝完水就走。」

副駕駛座的周喬很想揍他，笑得那麼淫蕩，說得那麼下流。

陸悍驍甩動方向盤，吹了一聲響亮的口哨，「舊有英雄董垂瑞捨身炸碉堡，今有帥哥陸悍驍為愛坐輪椅。真是千古佳話，人生傳奇啊！」

周喬：「……」

一小時後回到公寓。

潛伏在家的齊阿姨，默默端上準備好的午飯。

枸杞燉雞、枸杞燉排骨湯、枸杞榨汁，就連米飯上也點綴了幾粒枸杞。

陸悍驍「喲呵」一聲，「齊阿姨，您今天是和枸杞杠上了啊？」

齊阿姨眨了眨純真的眼睛，露出一個你懂的微笑，「不是我的枸杞，是你的枸杞。」

枸杞補腎氣。

陸悍驍下意識捂緊自己的衣服褲子。那個蘆薈膏還沒擦完呢。

吃過飯，周喬一個人先進臥室，陸悍驍過了一下子進來，發現她在收拾昨夜進行到一半的行李。

激昂澎湃的好回憶瞬間冷卻到零度。

陸悍驍又變成了憂鬱王子，單手插口袋斜靠著門板，「睡了我就走，妳安的什麼心？」

周喬趴跪在箱子上，把外套放進去，笑了笑，沒抬頭。

陸悍驍不動聲色地走過去，低眼看著她，靠近，再靠近。然後突然彎下腰，胯部往前一頂，「看招，老漢推車！」

周喬沒做好準備，被他直接頂在了地上。

「欸！」她無奈地轉過身，仰頭看著他，「你幼稚不幼稚啊？」

一聽，陸悍驍就撒性子了，「妳看妳，人都還沒走呢！就開始嫌棄我了！」

「……」

您戲精大學畢業的高材生吧？

陸悍驍繼續宣洩內心的不滿，「妳就是嫌我幼稚，以後碰到老男人，妳肯定跟他走！」

周喬笑道，「你就是老男人啊，我還能跟誰走？」

陸悍驍：「我就知道妳在意我年紀大，看吧，逼出妳的心裡話了吧，妳搬出去就是早有預謀。」

「閉嘴，」周喬突然提聲，語氣嚴肅，「不許再說話。」

陸悍驍趕緊抿唇，下巴翹上了天。「哼！」

周喬站起身，走向他，抬起右手往他肩膀上用力一推，逼著他往後退。

「你剛剛說的那些話有多傷我心，知不知道？嗯？」

陸悍驍邊退邊搖頭，眼神微愣。

周喬面色平靜，推著他的肩，他往後，她就向前，氣勢如風起。

「我如果不喜歡你，為什麼要答應你？我如果在意年齡，為什麼不去找大學同學談戀愛？」

直到退無可退，靠著了床邊，周喬才停止腳步，用比剛才更大的力氣，直接將陸悍驍推到床上。

「陸哥。」周喬喚他。

陸悍驍心都酥了。

他手肘撐著床，胸膛被迫抬起，周喬先是左腳跪向床面，然後是右腳，這個姿勢，正好虛坐在陸悍驍身上。

周喬俯下身，輕輕捏住他的下巴，目光筆直垂落，坦坦蕩蕩地印在他眼裡。

「如果我不喜歡你，為什麼昨晚要和你在一起？」

最後這句，似煙如幻，周喬低頭吻住他的唇，唇齒裡全是一片赤誠真心。

「以後，不許揣摩我，試探我，不許不信任我。再有下次……」

她抬起頭，伸手做了個舉槍的動作，然後意有所指地朝下。

「那就『哢擦』為敬了。」

陸悍驍被半哄半恐嚇，我靠，這種感覺好刺激是怎麼回事！難道自己有抖M傾向？

心裡一陣蜜糖似的甜，不管周喬語氣如何凶悍，但帶來的安全感和存在感，讓陸悍驍十分受用。

他心裡美滋滋地想，富椿路上有一家規模頗大的情趣用品店，是時候去辦個會員折扣了。

# 第十八章　給點顏色瞧瞧

周喬的一番言語，總算暫時安撫住陸悍驍。

與租屋處那邊簽訂的入住時間從明天開始。陸悍驍送她去海倫社區的路上，依舊悶悶不樂。

「那個社區不高檔，什麼人都有，妳換一個吧。」

「那邊都是學生老師，氣氛還不錯的。」

「物業也不是什麼正規公司的，也不知道消防設施合不合格。」

「人家都是持證上崗，你別亂講。」

「可是……」

「這位男朋友。」周喬轉過頭，「我們已經說好了呀。」

陸悍驍不情不願地閉了嘴，嘀咕道：「才不是男朋友，從那一晚之後，我就是妳老公了。」

他自作主張地宣告領土所有權，周喬忍不住笑了起來，伸手掐了掐他的俊臉，「誰家的男人啊，可愛到犯規了。哎呀，我更要努力，爭取早日包養你。」

陸悍驍被哄了，心情好了那麼一丁點，怪不好意思地說：「妳只需日，不需要包養，畢竟我不缺錢呢。」

周喬笑出了聲。

輕鬆氣氛一直保持到下車。

陸悍驍從後行李廂裡拿出行李，「東西怎麼這麼少，不行，我晚上就帶妳去商場買買買。」

周喬幫忙，「夠了，一個人用不上那麼多。」

「女人的衣櫃太空，就是男人的錯。身為好看又有錢的我，是絕對不會犯這樣的錯誤的。」陸悍驍左手推行李箱，右手拎袋子，「妳鑰匙給我一把。」

「不行，鑰匙都在合租人那呢，我只有一把。」

等等，合租人？

陸悍驍停住腳步，消化了半天，不可置信地問：「這房子妳還是和別人合租的？」

周喬不覺得有什麼，點點頭，「對啊，這邊租金好貴，再說了，兩個人住也好有個照應。」

剛說完，社區門口就走來一個人。是個大長腿男生，五官討喜，一笑，眼睛彎彎像新月。

陸悍驍警惕地看著他緩緩靠近，直到周喬熱情地打招呼，「嗨！」

我靠？認識？該不會就是那個合租的室友吧？

陸悍驍當場頭皮一炸，丟了滿手行李，擼起袖子上前就是一拳頭。

「啊！」那位月亮男孩捂著下巴倒地，這手勁打過職業拳賽吧！

周喬驚叫，衝過去抱住又要動手的陸悍驍，「你幹什麼？」

陸悍驍回頭怒聲，「周喬！妳跟一個男的合租很刺激是吧？」

「他是我室友的男朋友！」周喬鐵青著臉，撂下話就去跟月亮男孩道歉，「對不起，我男朋友誤會了，我送你去醫院。」

月亮男孩：「沒事沒事，你們別吵架啊，妳的 boyfriend 真是 real 威猛。」

愣在原地的陸悍驍反應過來自己做錯事了，趕緊上前，「對不起老弟，是我衝動了。」

周喬沉著臉，拂袖就走。

陸悍驍追上去，「喬喬、周喬、陸喬！」

這應該算是周喬第一次真的生氣。

從上午到晚上，陸悍驍已經被她冷凍了十個小時。

任他敲門打電話傳訊息，周喬通通不回覆。不分青紅皂白地吃醋，這股子銳氣，早就該殺殺他了。

周喬的室友回了老家，下星期才回來，所以托她男朋友來送鑰匙。結果鬧了這麼一齣烏龍，想想都覺得對不起人。

周喬收拾完全部行李，才不緊不慢地去看調成靜音的手機。

好傢夥。六十六個未接來電、八十八則訊息，全部都是道歉和認錯。最新的一則是：『今晚有百年難遇的冷空氣過境，沒關係妳不用擔心我，我穿了一件新款春裝一點也不冷，在門口等著妳開門。』

後面還跟了一串顏文字：『妳還在抹蘆薈膏的男朋友——千刀萬剮的陸悍驍。』

陸蠢蛋。周喬忍不住，還是對這枚蠢蛋軟了心，她走到門口，輕輕打開門。

一團龐然大物往裡頭倒，陸悍驍蹲靠著門，根本沒想到她會開門。

「我錯了！」陸悍驍快速立正，眼睛眨呀眨，雙手合十真誠地道歉。

周喬雙手環胸，面色冷靜不說話。

唔，老婆好凶嗷。陸悍驍可憐兮兮地從衣服口袋裡摸出一個東西。

一張紙被他正經地攤開，然後雙手虔誠地奉上，「我就是個醋罈子，喬喬，妳必須要給我點顏色瞧瞧了！」

不錯，還挺有自知之明。

周喬垂眸落在紙頁上——什麼鬼東西？

十幾種不同顏色的水彩筆，塗了一頁紙？

陸悍驍低聲下氣地問：「妳任選一種顏色，我一定好好瞧。求求妳，別生氣了……」

好一個「給我點顏色瞧瞧」。

老天爺聽了想自殺。

周喬的高冷情緒瞬間被他摧毀了稀巴爛，真不知道這男人什麼時候買了水彩筆。

「笑了笑了。」陸悍驍一顆心落了地，一腳跟抽刀似的踏進門裡，「我的腿，我的腿！」

周喬無奈地停住了關門的動作。

陸悍驍綻開一個討好般的微笑，「妳用力壓，壓成屎粑粑，只要能消氣，這腿就送妳了。」

周喬轉過身，隨他。

陸悍驍趕緊反手關上門，怕被轟走，還細心地將門反鎖。

他站在玄關處，掃視一圈房間，裝潢還算新，傢具電器也還可以。跟著周喬進臥室，陸悍驍終於皺眉，不滿道：「怎麼這麼小？」

「一個人要多大的地方？」周喬在書桌前把書一本本放齊整。

「這床是一百五的吧？」陸悍驍目測了一下，不太高興，「妳就沒考慮我嗎？」

周喬動作頓住。

「我蘆薈膏明天就擦完了。」陸悍驍小聲嘀咕，「這麼小的床怎麼夠啊。」

周喬撓了撓自己的耳垂，算了，還是哄著他吧。她放下手裡的活，走過來看著他，「我是和別人合租的，當時簽的協議上說，最好不要帶異性回家。」

陸悍驍眼睛閃閃發亮，「我在這買一間房子給妳，我們過二人世界行不行？」

「行了你別鬧了。」周喬純當玩笑，想了想又說，「當初怎麼沒發現，你這麼黏人啊？」

陸悍驍卻一把抱住她，「黏死妳。」

周喬笑著待他懷裡，「強力膠。」

陸悍驍抵著她的頭髮，「我已經跟妳室友的男朋友道過歉了，還幫他買了紅花油。小夥子很善解人意，讓我請他喝了一杯飲料，還指定要薰衣草口味，他喝薰衣草，我喝草莓汁，喝完我們就成為了好朋友。走前他還說，有機會跟我學拳擊。」

「……」

「我反思了一下午，意識到了自己的錯誤，妳既然執意搬出來，那這必然只是個開始，以後還會有更多好看的臭男生圍著妳轉。」

陸悍驍鄭重其事地作出決定，「所以我決定從現在起，報個武術班，每週上兩天課，爭取以後一拳出手就把人打成十級殘廢。」

「……」周喬只當他貧嘴，「行行行，祝你早日一統江湖，稱霸武林。」

陸悍驍受到愛的鼓勵，心情超爽，提議道，「東西收拾得差不多了，我們出去吃飯吧。」

「被你氣飽了。」

陸悍驍立刻垂頭喪氣，「我真是該死的陸悍驍。」

周喬被他磨得沒了脾氣，笑著說：「怎麼樣的死法啊？」

一聽，陸悍驍竟然迅速脫掉外套，以秒速往床上一躺呈「大」字，表情視死如歸道：「來吧，用力，不用憐惜我。」

周喬扶著額頭，微微嘆氣，「真是本性難改。」

最終，晚飯沒約成功，周喬說她有點累想早些休息，陸悍驍只好孤苦伶仃地獨自出門。

坐進車裡，他雙手枕著後腦勺，盯著車頂，越想越覺得不行。於是掏出手機，在兄弟群組裡嚎了一嗓子。

『陸總不開心！』

很快。

陳清禾：『撒花。』

陶星來：『撒花花。』

這隊形不和諧啊，陸悍驍問：『燃燃呢？算了先不管他，我跟你們講，我和周喬要開始異地戀了。』

陳清禾：『啊？周喬去外地了？』

陸悍驍：『嗯，去了海倫。』

陳清禾：『海倫社區？這地方和你公寓在同一個區啊！異你地個戀的麻痹。』

陸悍驍：『你才小兒麻痹，滾蛋。』

陶星來：『陸陸哥，我憐惜你，從你那走過去要花半小時，簡直海角天涯人間慘劇！』

都是一群沒心沒肺的混蛋。

陸悍驍覺得沒人能體會到他的少男心，於是往群組裡丟了個紅包，就關掉了手機。

眾群友為了一個紅包搶得頭破血流，拆開一看。

一分錢。

嘖，今天陸總很小氣嘛。

周喬一搬走，齊阿姨自然是不會再留下了。周喬前腳剛出，她後腳打包也回了陸家。

第一夜，陸悍驍獨坐在客廳裡悵然若失。覺得自己像極了空巢老人。半夜醒來，他還跑到周喬待過的臥室，趴在她床上用力聞。

其實齊阿姨走之前，把床單被套全部換洗過，但陸悍驍覺得自己比狗鼻子還要靈，能嗅出哪怕一絲屬於周喬的味道。

暫別帶來的疏離，讓他本就敏感的心更加沒有安全感。

凌晨兩點，陸悍驍握著手機滑亮又按熄，手指在那串熟悉的電話號碼上猶豫半天。

真的好想聽聽她的聲音啊。

不敢打電話，就只能傳訊息以解相思。

『喬喬，這麼晚我還沒有睡，猜猜我在幹什麼？』

『哈哈，猜不到吧。叫我一聲老公我就告訴妳。』

『告訴妳算了，我在日妳的床哈哈哈意不意外？』

他一個人自嗨自演，一連串的訊息傳過去，每則間隔不超過五秒。

回應他的只有亮白的螢幕，在這黑夜像極了孤燈。

陸悍驍洩氣地把頭埋進枕頭裡，覺得自己簡直心理有病。這戀愛談的，比十七歲還十七歲呢。再轉念一想，算了，十七歲他也沒談過戀愛，這個比喻不實事求是。

「好煩啊。」陸悍驍在床上伸手蹬腿，猛烈翻滾。

手機「叮」一聲脆響，他正裹著被子轉了三四圈，又把自己弄成了墨西哥雞肉卷。

陸悍驍抬眼看到螢幕跳出來的提示，竟然是周喬回覆了！

「靠，手。」他瘋狂扭動，奈何雙手都捲在被毯裡一時出不來。

「啊！」陸悍驍的蠻力差點將被子撕破，終於解放雙手，火急火燎地撈起手機。周喬的訊息很簡短，兩個字：『開門。』

開門？開門！！

陸悍驍反應過來，直接跳下床，光著腳跑去門邊。

把門拉開，門外站著的竟真的是周喬。

陸悍驍不敢相信自己的眼睛，傻傻伸出手，小心翼翼地往她鼻間輕探，「真的是活的啊。」

周喬揮開他的手，哭笑不得，「不然還是死的啊？」

陸悍驍看著她，眨了眨眼睛，然後一把將人打橫抱起，「就知道妳也捨不得我！」

「欸欸欸，慢點。」周喬害怕地摟住他的脖頸，嬌嗔道：「誰捨不得你了，我怕你一個人……」

「怕我一個人怎麼？」陸悍驍低下頭，似笑非笑地問。

周喬捏了捏他的鼻子，「怕你踢被子。」

陸悍驍迫不及待地低頭吻上去，周喬偏頭不讓，笑眼彎彎，「蘆薈膏擦完了？」

「嘖嘖嘖，」陸悍驍又開始飆演技，「周喬同學，妳是不是誤會了。」

周喬：？？？

「我只是想接個吻，不想做別的。」陸悍驍一本正經地蹙眉，忍住沒有笑場。

這下子換周喬無地自容了，她拽緊他的後衣領，紅著臉抿唇。

「不過，」陸悍驍聲音突然放沉，貼著她的耳垂輕輕舔，「妳想要，我還是可以給的。」

周喬渾身顫起雞皮疙瘩，想反駁卻偏偏失了言語，她索性誠實到底，抬頭張嘴，含情露水地咬住了陸悍驍的下巴。

「嘶……」陸悍驍一個激靈，腳底板都發了麻。

周喬故意用舌尖抵了抵，輕哼，「今天你是……水蜜桃口味的。」

「我換了剃鬚水。」陸悍驍抱著她往臥室去，然後不算溫柔地將人拋在床上。

周喬像艘船，被軟綿的床墊震得微微起伏，陸悍驍壓了上來，手往上面一覆，「真正的水蜜桃，在這裡。」

不同於上一次，今夜的陸悍驍格外溫柔，男人對性似乎有著天生的技能，只需開個竅便能如魚得水。

最後兩人氣喘吁吁各自歡喜時，陸悍驍滿背的汗水，證明似的指著床頭的電子鐘，「五十三分鐘二十秒，老公是不是很棒。」

「……」周喬一言難盡地看著他，「算得這麼準，幹什麼，你要按時收費嗎？」

陸悍驍低低笑了起來，「那妳願意出多少？」

周喬假意沉思，情欲疼愛過後，眸子像是月光浸潤過的水滴。她沒說話，而是伸出手，五指張開。

陸悍驍看著她的手指，「五毛？」

周喬手指一變，只剩兩根。

再接著，完全收攏，成了一個溫柔的拳頭。

她仰頭，對他笑，「五二零啊，一分錢都不能再多啦。」

陸悍驍被哄得通體舒暢，恨不得將她揉進骨血裡，「妳呢，為什麼突然過來了？」

周喬換了個姿勢，趴在他胸口，聽了一下心跳聲，把自己的頻率跳成和他一樣。很悅耳。

「因為想你想到睡不著。」周喬突然開口，語氣似嬌似怨。

陸悍驍翻身把她壓身下，鉗在她身側的手臂微微發抖。

「周喬。」

「嗯？」

「我們去登記，好不好？」

安靜得只剩呼吸聲。

半晌，周喬才微微嘆氣，「結婚很麻煩吧？」

「不麻煩。房子、車子、票子、酒席、婚禮全都交給我，妳只需要出一樣東西。」

「什麼？」

「把妳的名字給我放戶口名簿裡。」

陸悍驍的語氣比方才急切，急著表真心，急著證明他所說不假。周喬卻很平靜，目光從滲著暗亮的窗戶移到了床頭。

「我說的麻煩，是家裡。」

陸悍驍明白過來，「家怎麼了？妳家還是我家？妳家的話，我一定交出一份讓妳爸媽無話可說的聘禮。我家的話就更不用擔心了，妳這麼乖，他們肯定都喜歡。」

周喬聽後沒說話，只在心裡暗暗自嘲了一聲，是嗎？

後來的聊天內容被瞌睡終結。

第二天醒來，周喬發現陸悍驍還躺在床上。

「起床啊，上班要遲到了。」

陸悍驍翻了個邊，唔了一聲，「老闆讓自己放個假不可以啊。」

周喬一想也對，沒什麼毛病，於是換個說辭，「你這樣昏君不早朝，賺錢不積極。」

「吵死了。」陸悍驍又翻回來，大腿一抬，再放在周喬腰上，直接把她夾得不能動彈。

「誰說我賺錢不積極了？我昨天晚上，可是和妳談了幾十個億的生意呢。」

周喬乍一聽沒明白，「幾十億？」

「呵。」陸悍驍睜開睡眼，惺忪的模樣像個賴床的少年，「怎麼，想不認帳？」

他指了指地板，「都在保險套裡呢，妳去數數？」

周喬反應過來，被梗得說不出話。

陸悍驍笑得更開心，「下次別關保險櫃了，直接送給妳，行嗎？」

周喬拎起枕頭捂住他的頭，「我覺得你還是睡到天荒地老比較好！」

就這樣，彼此適應了分離的生活，陸悍驍總算恢復點正常理智。周喬這邊也一切順利，唯一的插曲，就是她的合租夥伴，在她搬進來的第三天，電話告知她需要去遠方做一個長期專案，半年不會回來。

也就是說，這間房子，都由周喬一個人居住，但是對方租金照常分攤。

或許這是一個好的預兆，一直延伸至次年二月中旬，到了考試公布成績的時間。

周喬的分數不僅及格了，而且筆試成績在同科系裡問鼎第一。

陸悍驍知道後，一點也不驚訝，語重心長的老頭語氣說：「我早說過妳能考上，我的女人我當然瞭解啊。」

他是周喬第一個分享好消息的人。周喬在電話裡，笑聲藏不住，真心誠意地說了聲，『陸哥，謝謝你。』

當她經歷過一次失敗，並且以一個不算光彩的開始與他遇見。從歡喜冤家變成親密愛人，他用自己特立獨行的方式，無形之中開導她，帶動她，讓她知道，這個世界，有人一直看著她，相信她。

他是周喬不算平順的人生裡，最為順利的一個環節。

拋去相愛成分，人當感激。

這些長篇大論不需要說出口，濃縮在「謝謝你」這三個字中，陸悍驍怎麼會不懂。

此刻的他，坐在公司會議室裡，高層要職塞滿座位，鴉雀無聲。大家齊齊注目兩分鐘前，因一通電話暫停會議的大BOSS，正笑臉如春風，語氣寵溺地握著手機，說：「我說過妳能考上，妳一定能，我也說過，妳有當寵妃的命。妳瞧瞧，我哪一句騙過妳？」

精明幹練年薪三十萬的祕書朵姐，此刻真的很想星星眼地問一句──「陸總，既然您這麼半仙，能不能幫我也算算命，看我什麼時候能嫁給王俊凱。」

# 第十九章　異地

周喬的指導老師早已選好，就是那位也帶過陸悍驍的李老頭。

李老頭的資源十分優厚，名聲在外，想跟他的學生不計其數，周喬以第一的成績，紮實過硬地通過了複試，真真正正地塵埃落定。

當然，陸悍驍是高興的。但他的憂傷大過開心，一想到周喬即將重回校園，他愛亂吃飛醋的老毛病就又犯了。

送她去報到的第一天，在車上。陸悍驍心有餘悸怕被周喬diss，於是只敢拐彎抹角地叮嚀囑咐。

「雖然這個大學還不錯，但因人而異，老鼠屎什麼地方都會有，妳還是個孩子，缺乏社會經驗，識人有誤，別以為他人伸手拋出的都是橄欖枝，很大可能是食人花。」

周喬眉眼平靜，抓住重點糾正道，「我們兩個，你可能比較像個孩子。」

陸悍驍憋氣，不高興了，「畢竟我比妳多吃七年米飯，妳能不能把我的話聽進去啊。」

周喬心知肚明，故意冷他，「哦。」

「哦什麼哦？」陸悍驍提高語氣，「妳想我，晚上洗乾淨躺平給妳就是了。」

「……」

車子已經駛入校門，從林蔭的大道蜿蜒而上。

陸悍驍滑下車窗，隨手一指，「別看那個打籃球的小夥子長得又高又壯，妳認真仔細地想一想，這大白天的，一個學生不在教室念書，跑出來打籃球幹什麼？」

他雙手重重一拍方向盤，「我看就是居心叵測！男狐狸精出來勾搭小女生的！」

「……」

呵呵呵，萬一是來勾搭小男生的呢。

周喬雙手環搭著，靜靜欣賞陸悍驍的表演。

「還有那個踢足球的，我靠，春天剛來，他就忍不住露胳膊露大腿，幹什麼啊？暴露狂啊？」

周喬忍不住提醒，「踢球賽不穿比賽服，難不成穿西裝皮鞋嗎？」

「我穿西裝皮鞋都踢得比他好。」車子越往前開，路上的小鮮肉越多，陸悍驍的危機感快爆表了。

「前面靠邊停車吧。」周喬說。

「憑什麼？我就不停。」

「那有路障，你開得過去嗎？」

「……」陸悍驍嘴硬，「我下車把它搬走，轟轟烈烈開進去。」

周喬「唉」一聲嘆氣，趁陸悍驍還在聒噪如蟬鳴的時候，傾身過去，在他臉上重重親了一口。

就像一個開關瞬間起作用，陸悍驍閉了嘴。

周喬無奈地問：「夠了嗎？」

陸悍驍還沒搖頭呢，她又主動貼上他的嘴唇，舌尖霸道地抵進去，纏綿了足足半分鐘才鬆開。

「這樣夠不夠？」

陸悍驍舔了舔嘴唇，不情不願地「嗯」了一聲，「下車吧。」

周喬看著他一臉癡呆的表情，覺得好笑，伸手摸了摸他的耳朵、喉結，最後停在他胸口的位置，耐心地哄勸，「吻是你的，這裡，也是你的。」

陸悍驍吸了吸鼻子，總算滿了意。

「好了，時間快到了，我進去報到了。」周喬推開車門，剛下車，就有學長迎了上來。

學長和籃球場、足球場上的男妖精一樣，全他媽是大長腿。

他熱情洋溢地打招呼，「妳好！請問妳是哪個科系的？」

周喬禮貌地回答。

迎新學長，「哦！妳也是李教授的學生啊！巧了，我比妳高一年級，以後我們可以在同一個實驗室見面了！」

一段正常的學長學妹寒暄詞，卻硬生生地被車裡的陸悍驍聽出了姦情。

背對車子的周喬，完全沒發覺，他已經黑著一張臉悄無聲息地下了車。

陸悍驍冷眼睥睨這位男生，學長？呵，胸還沒我大，好意思當學長？

陸悍驍打定了主意。

他高貴冷淡地扶上車門，然後重重一關，「啪」聲巨響的同時，他痛苦尖叫：「嗷！我的手！」

周喬回頭嚇了一跳，「怎麼了？」

陸悍驍彎腰俯背，死死握住自己的右手，一臉冷汗強顏歡笑，「沒，我沒事，妳快去跟學長報到，我的手被車門夾了不要緊……」

熱心腸的學長趕緊過來慰問，「叔叔，您還好嗎？醫務室就在食堂那邊，您腿腳不方便的話，我可以揹您過去！」

陸悍驍皮笑肉不笑地記住了他的每一個用詞，任他扶著，直到走遠了一點，才用周喬聽不到的聲音，毛骨悚然地威脅：「離我女朋友遠一點，不然，我餵你吃鶴頂紅！」

不明所以的周喬十分納悶。

怎麼上一秒還拿著好人卡的學長，這時連滾帶爬，跑得比龍捲風還快了？

陸悍驍這一次比較機智。

上次誤認室友揍了別人，被周喬嫌棄了很久，這次他憑本事打自己，總無話可說了吧。

陸悍驍看著學長被嚇跑的背影沾沾自喜，周喬一轉過身，他立刻變身影帝，又是吹手又是皺眉。

周喬心急之下語氣難免不注意，「多大的人了，做事情還是這麼馬虎，關個車門也能弄成這樣！」

陸悍驍還是慈父眼神，「妳快上去跟李老頭報到，我沒關係，等一下自己去醫院接個骨頭就行了。」

周喬要來看他的手，「別亂動，我看看。」

陸悍驍把手捂得緊緊，「妳又不是醫生，快去忙妳的。」

周喬定心一想，微微蹙眉。

糟糕。

眼見對方起疑，陸悍驍開始實施撤退計畫。

「對不起，報到第一天不能陪妳上樓，我真是該死的陸悍驍。但我的手疼得實在太厲害了，啊，好疼啊。」

他拉開車門，顫顫巍巍地坐上去，「喬喬，麻煩幫我關下門。」

周喬看著他，臉上雖然帶著笑，但那眼神分明寫著「請你繼續表演」。過了幾秒，她還是順應地幫他關上車門，「看完醫生告訴我情況。」

陸悍驍乖乖地點頭，「那少不了妳，我殘廢了還要妳照顧一輩子呢。」

周喬臉上的譏誚連笑容都包不住了。

陸悍驍心虛地單手轉動方向盤，一句拜拜都不說。

直到尾燈消失在轉角，周喬才微微嘆了口氣，嘆氣不夠，還搖了搖頭。

擁有一個能吃醋能撒嬌能演戲的男朋友是種什麼感覺？

大概就是，上一秒能笑哈哈，下一秒又能被氣得牙癢癢吧。

周喬斂了斂神，往教學大樓走去。

昨晚教授寄了郵件給她，通知今天六樓模擬實驗室見面。實驗室很好找，周喬敲門得到回應後，她輕輕推門邁進去。

空調的溫度適宜，微風送暖，和室外的溫差感並不是特別明顯。這個模擬實驗室是李教授專用，現下正是學長學姊在裡頭忙碌。

周喬剛走過一小節綠植隔開的走道，就聽見李教授的聲音——「如果哪家公司的經濟活動運行分析材料是你做的，我要是老闆，我一定把你的名字寫在孔明燈上——送你上西天。」

「……」

很犀利的小老頭啊。

他又換了個對象批評，這次是個女學生，語氣稍顯溫和一點。

「齊果啊，妳身為專案組長沒什麼大錯誤，可能就是拔牙的時候，傷了腦子導致失憶。不然怎麼會忘記公允價值變動損益呢？」

這李老頭的罵人風格，和陸悍驍有點神似。不愧曾是他的得意門生。

周喬定神，畢恭畢敬地喊道：「李教授您好。」

聞聲回頭，他點點頭，「好，過來。」

等周喬靠近，李教授對在場的人說：「介紹一下，這是新生周喬，以後就是你們的學妹。李迪、張洋，你們兩個把口水擦一下。」

氣氛哄然，笑聲友好。

李教授依舊冷眼冷言，「記住名字就行了，電話、聊天帳號什麼的……下了課再要吧。」

一番話說得，不僅沒了剛才的嚴肅，反而讓大家輕鬆自然地靠近。

周喬大方地進行了自我介紹，「你們好，我叫周喬，以後多有麻煩之處，還請各位前輩多多指教。」

李迪率先伸手，「學妹好。」

張洋：「看見美女，你動作比誰都快。」

李迪笑著說：「不是我快，是你太慢了。」

「別聽他們的。」唯一的一個女生走向前，她個高體勻，英姿颯爽，「周喬妳好，我叫齊果，以後有需要幫助的地方，歡迎來找我。」

說罷，她湊近，在周喬耳朵邊小聲說：「他們兩個就算了，小學妹太漂亮，帳號要藏好。」

這是女生獨有的親近本能。

她新的校園生活，美好而活力地開了場。

上午時間過得很快，李教授讓她旁觀教學，初體驗他的教學模式。兩個小時聽下來，周喬得出結論，李教授很凶。

同時她也在想，這麼嚴謹的人，陸悍驍能和他亦師亦友多年，也真是不可思議。

中午，大家一起去餐廳。

齊果很是熱心，「周喬，等一下妳刷我的飯卡，妳的肯定還沒辦下來吧？」

「謝謝，昨天我把這些都辦好了。」

走在前排的李迪唉聲嘆氣，「哎呀，又少了一個獻殷勤的機會。」

和他並肩的張洋安慰道：「沒關係，今天只是少一個機會，明天還會少第二個、第三個。」

李迪飛起就是一腳，「去你的。」

齊果大姐大一般，恨鐵不成鋼的語氣，「你們兩個真是的，也不在學妹面前樹立好榜樣。」

聞言，李迪豪邁地拍拍胸脯，「沒問題，中午飯我請，飯卡隨便刷，刷多少都行！」

張洋冷颼颼地補刀，「我們學校的飯卡，一次消費最高限額五十塊，多刷就要去解鎖才能用。」

周喬忍俊不禁。

這些同齡人開朗自信，和氣友善，投入學習中時，態度一絲不苟，嚴謹認真，像極了夏日絢爛綻放的花。

第一頓午飯，李迪和張洋十分紳士風度地請客，而且點了熱炒。

當然，大家還是互加了好友。齊果還拉周喬進一個群組，「這是我們的小分隊，歡迎妳加入。」

周喬加進去，一看，裡面只有他們幾個人。

「看這裡。」這時，一道男聲傳來。

剛離座的張洋很快又坐了回來，「我讓人幫我們拍個合照，歡迎學妹！」

好心路人拿著手機倒數，「三、二、一！」

風雲殘捲的桌面，笑臉如花的男生女生，每一幀都青春逼人。

張洋把照片傳到群組裡，周喬儲存到手機，開心地將照片上傳動態——『新生活，新夥伴。』

後面還跟了一個大大的笑臉。

周喬甚少發動態，所以點讚留言數上升得很快，都是國中、高中、大學的同學。有問候的、有祝福的，還有誇她越來越漂亮的。

但，城市的另一邊，某個人要炸毛了。

剛散會的陸悍驍，回到辦公室順手看了看手機，結果滑到了周喬更新的動態。

他把那張照片放大，目光盯在那兩名男同學身上，快要嚇人。

這是從哪冒出來的？第一天就認識這麼多男生？還一起吃飯，吃什麼破飯啊！

陸悍驍一看周喬還笑得那麼燦爛，跟他在一起時很少有這種笑容！

陸悍驍自己生了下悶氣，氣得他鼻涕都要流出來了。都怪周喬，本來他早上就有點感冒的症狀。

「不行，要冷靜。」陸悍驍逼著自己鎮定，深呼吸，長吐氣，告訴自己要淡定，校園生活多美麗，亂想可不行。

陸悍驍拉開抽屜，點了根口感更烈的雪茄，他抽了兩口，越抽越煩躁，終於按捺不住地打電話給周喬。

對方竟然沒有接。

「靠！」陸悍驍差點砸了手機。

就像一個燃點，又讓他體內的幼稚鬼出洞。陸悍驍開起了奪命追魂 call 模式。打到第五遍的時候，終於——『喂？出什麼事了？』周喬接聽了，語氣急急地問。

一聽她的聲音，陸悍驍覺得又生氣又委屈，語氣帶刺，「怎麼，妳盼著我出事啊？就算真的出事，打妳的電話這麼多遍都不接，我早就死了！」

周喬皺眉，『你怎麼了啊？我看未接來電好多個，難道不是急事嗎？』

陸悍驍：「妳也知道我打了這麼多通電話啊，是不是和學長學弟吃大餐吃得太投入了啊？」

安靜數秒之後。

周喬才平靜說道：『我剛才去上洗手間，手機放桌上沒有帶。』

然而，這個解釋不僅沒能讓陸悍驍內疚，反而讓他心頭纏繞出更加無以名狀的委屈感。

「妳還發了動態，一張照片！」

『我傳照片怎麼了？學長學姐熱情待我，我連張照片都不能發？』

「第一次見學長妳就發照片，那我當了妳這麼久男朋友，妳一次都不發！」

『意義一樣嗎？新生活開始，美好留戀一下不可以？我大一入學那天也發了呢。』

「好好好，我明白了，妳上個學叫開始新生活，我和妳在一起，妳根本不覺得是新生活吧？」陸悍驍越說越氣憤，「那我們過性生活的時候，妳為什麼不發動態！」

『你冷靜一點可不可以？』周喬嘴裡發苦，語氣都發抖了，實在不知道又哪裡惹火了這位祖宗。她不想兩人為了這種瑣事起爭執，只好放緩態度耐心哄勸：『你和別人能一樣嗎？』

顯然，陸悍驍沒領會到女朋友的辛苦用意，反而更來勁了，「別人值得妳公開炫耀，我就不可以，呵，當然不一樣。」

周喬的忍耐堆積成一團，終於變成一塊硬石頭，她懶得廢話，直接掛斷了電話。

聽到嘟嘟嘟的短線音，陸悍驍愣了幾秒，「喂？喂喂喂！」

反應過來後，他抓起辦公桌上的一尊細花瓶就砸了出去。

花瓶彈到牆上，「劈里啪啦」碎成四瓣英勇就義。

聽到動靜的朵姐蹬著高跟鞋跑進來，「出什麼事了陸總！」

推門一看，「我的天，這是上個月拍到的青玉花瓶，我和 Lily 那個小娘們對幹，好不容易競拍到的啊！」

陸悍驍黑著一張臉，「出去出去給老子滾出去！」

竟然敢掛他電話。

自己做錯了事情，憑什麼掛他電話。

陸悍驍一想到自己，憑本事帥氣多金了這麼多年，事業上人人對他畢恭畢敬，偏偏為一個小丫頭折了腰。

陸悍驍越想越氣，拿起手機點開周喬的電話號碼，二話不說把人拉進了黑名單。

「這次妳不哄我久一點，休想我理妳！」

就這樣，陸悍驍從中午等到下午，從下午等到下班，下了班他還蹲在辦公室裡遲遲不走。

從拉黑周喬那一刻起，他就通知保全部，把公司大門的攝影畫面調到了自己電腦螢幕上。他對著螢幕一下午眼睛眨都不眨——不應該啊，周喬竟然沒來負荊請罪？

陸悍驍往老闆椅上一躺，差點七竅流血身亡。

我靠，這個女朋友，真的很狠心啊！

陸悍驍認了，趕緊拿起手機，迅速把周喬從黑名單裡放出來。

黑夜降臨，天色由淺變深，陸悍驍的辦公室沒開燈，只有電腦螢幕滲著安靜的光。

他一個人頹靡地坐在椅子上，覺得呼吸不暢，可能是感冒又加重了。

這個千刀萬剮的臭周喬。

陸悍驍氣得鼻孔都放大了，他拿起手機，大丈夫能屈能伸，主動打過去！

結果——『對不起，您撥打的用戶暫時無法接通。』

十幾遍都是這個聲音，陸悍驍領悟到，周喬也把他拉黑了。

陸悍驍一手按著額頭，一手拿著手機，誰說男人有淚不輕彈。此刻他真的很想用眼淚為大家彈奏一曲傷心太平洋。

更糟糕的還在後面，周喬不僅拉黑了他的電話號碼，好友列表裡也消失了。

陸悍驍意識到問題的嚴重性，那點脾氣和過癮根本算不上什麼，害怕失去和緊張轟轟烈烈取代了情緒。

他頭腦還算清醒，在去周喬租房之前，先打了一通電話給李教授。

五分鐘後。

陸悍驍從李老頭那知曉，周喬已經不在本市了。

下午兩點的時候，李教授帶隊，帶著這一群學生奔赴鄰市做專案了。

路上，齊果告訴周喬，「老大的做事方法就是這麼出其不意，以後要做好經常臨時出差的準備。」

周喬笑了笑，沒說話。

見她一路也不和大家聊天，齊果小聲問：「怎麼了？是不是心情不好？」

因為周喬總是憂心忡忡地看手機，齊果一副過來人的經驗，又問：「是不是和男朋友吵架了？」

周喬說沒事。

齊果以為自己揣度錯誤，也就不再聊這話題。

李教授聲名在外，所以手上的資源頗為豐富，在他手下幹活雖如高壓電網，但傳授的也是真金白銀的實戰經驗，而且導師向來慷慨大方，分下來的報酬也算可觀。

今天他們是去一家電纜公司做半年財務報表，技術量不算太高，磨的是耐性和基礎。到達時已快三點，簡單地瀏覽了一遍資料後，公司方做東設宴，請他們吃飯。

接待的是該家公司主管經營的副總，分管的事情大多數是與人打交道，所以這位哥們性格相當歡脫，迷情酒桌文化。

雖然李教授在開席前就有話在先，這幾個學生，張洋和李迪喝啤酒，周喬和齊果喝牛奶。但該副總兩杯白酒下肚，人就嗨天嗨地了。

周喬長得漂亮，身上那股淡然微冷的氣質很是拿人。

「這位周同學，我覺得妳特別眼熟。」副總開始套關係，「特別像我一個大學同學。」

李教授呵呵道，「那年代有點久遠啊。」

「時間證明一切，有時候久一點不見得是壞事。」副總刻意壓低了聲音，雖是對李教授單獨說，但聲音卻足夠讓所有人聽見。

「那是我們系的校花，美得跟仙女下凡似的！」

桌上陪同的人一陣語焉不詳，曖昧不明的笑。

李迪和張洋面面相覷，懂事地舉起酒杯，打斷這個氣氛，「胡總，早就聽說您業務能力出類拔萃，我們這群小的，以您為榜樣，還需多多向您學習。我們敬您。」

「好！你們都是國家的棟梁！」胡總被吹捧得心情很好，白酒一仰，「我乾囉！」放下杯子，他很快又斟滿酒，兩杯，然後站起身，一手一杯竟朝著周喬走來。

「小喬同學，下午我就看出來了，你們都是做事特別認真的孩子，不過，李教授帶出來的人才，一定不會差，給，我敬妳。」

周喬盯著推到面前的酒杯，趕忙起身，對胡總說：「謝謝您謬贊，但不好意思，我不會喝酒。要不然，我以茶代酒，您也別嫌棄。」

那位胡總竟一把抓住她的手腕，「這酒的度數不高，女孩子喝一點還美容呢，就半指，不多。」

這時，李教授扣了扣桌面，「胡總啊，半指怎麼過癮，來，我陪你喝，怎麼說也得半杯吧。」

李迪和張洋連忙站起來，「我我我，我們也可以。」

借著酒色壯膽，腦子容易一根筋。胡總也卯了勁似的，聞聲不動。

場面陷入淡淡的尷尬之中。

周喬沉心定氣，從胡總手裡接過酒杯，「好，我陪您喝一杯，先乾為敬。」

一聽，對方立刻笑容拂面，臉上的橫肉堆成了一道道的小肉褶子。

周喬抬手的動作剛起了個頭，突然，包廂的門被推開，一道熟悉的聲音傳來——

「喲，不好意思啊各位，我走錯地方了。」

眾人回頭。

周喬聞聲驚詫，是陸悍驍！

果然。

手還搭在門把上，一身黑色修身大衣的陸悍驍英俊不凡，他笑著望向所有人，輕鬆自然地不請自來，邊走邊鬆脖頸上的羊絨圍巾。

「挺多人啊，我最愛熱鬧了。」

邊說，邊走近了周喬。

離得近，他身上風塵僕僕的味道撲鼻而來。周喬怔怔盯著他，不可置信。

陸悍驍目光一低，看著她手裡的酒杯，吊兒郎當地一笑，「叫胡總？胡總是吧，這酒，我來幫她喝。」

然後，他手指一掠，從周喬手裡拿走了白酒。

杯子湊近鼻間聞了聞，陸悍驍挑眉，「特供茅臺，挺有誠意啊。不過……」

他尾音拖長，落向胡總的目光剎那變幽深，「我女朋友的酒，只能是結婚時候，和我喝的交杯酒。」
說完，他仰頭一口喝盡，喝完把瓷杯往桌上不輕不重地一頓，然後牽起周喬的手——
「告辭。」

外面風霜驟起，冬夜漸冷。
周喬被陸悍驍拽著手腕，近乎拖扯地前進。
「你弄疼我了。慢一點。」周喬去拂他的手。
「陸悍驍！」
一聲喝斥終於讓人停下。
「叫這麼大聲幹什麼！」陸悍驍轉過身，面目凶悍，「妳對我這麼凶！妳這麼凶！」
周喬愣了愣，然後撇撇唇，臉慢慢轉向右邊。
「妳為什麼拉黑我！」陸悍驍怒火升級。
「不是你先拉黑我的嗎？」周喬又把頭轉過來，對視。
「我。」陸悍驍一時語噎，擔驚受怕全部憋死在了舌尖，他看著她的眼睛，一秒、兩秒。
最後，他敗下陣來。
委屈地低下了頭，小聲說：「我一路開高速過來找妳，臭喬喬，妳就不能……哄哄我嗎？」

「……」

「妳答應會一直寵我的，說話不算話。」陸悍驍跟個討不到雞腿的孩子似的，耍脾氣道：「妳這個臭騙子，哼。」

周喬被他弄得哭笑不得，「我哪裡臭了？」

陸悍驍：「嘴臭。」

周喬和他在一起這麼久，已經深深瞭解他的一肚子壞水。這種語言陷阱才不上當。

於是，她輕飄飄地「哦」了聲，「臭就臭吧。」

剛轉過身，肩膀一重，就被陸悍驍抓住。

「妳說臭就臭啊？」他順勢摟住她的腰，低頭吻了下來，他缺乏的安全感似乎要從這個吻裡全部彌補回來。

直到周喬喘不過氣，陸悍驍才鬆開。

嗓子是潤的，嘴唇是濕的，陸流氓的聲音是低沉的。

「我錯了，妳一點都不臭。」

過了好久，他又意有所指地道歉，「……對不起，原諒千刀萬剮的陸悍驍吧。」

陸悍驍這自黑的誠意滿滿，屎屁尿都用來為自己加冕了。

周喬冷著心腸說：「你自己想想，這是第幾次了？」

「妳第二次生氣。」

「只是第二次？」

「啊，妳還氣過很多次啊？」陸悍驍撓了撓鼻尖，不明所以。

「……」算了，不與小公主論長短。

周喬問：「你知道自己錯在哪裡嗎？」

陸悍驍小雞啄米，「愛發脾氣、愛吃醋，差點釀成愛情的事故。」

「還有呢？」

「還有？」陸悍驍想了想，「沒了啊，剩餘的全是優點了。」

周喬「唉」了聲，「算了。你有地方住嗎？」

陸悍驍搖頭，「我的車還停在飯店門口呢。」

周喬說：「我們就住在公司旁邊，我去幫你開個房吧。」

「還開什麼房啊，我跟妳住一間就好了。」陸悍驍倫了個懶腰，「開了一下午的車好累。」

「我和學姐住一間呢，你單獨開一間吧。」周喬提步要走，「我進去跟他們打聲招呼，再陪你去賓館。」

「等等，」陸悍驍抓住她的手，「妳還進去幹什麼？我沒一腳踢爆姓胡的狗頭算仁慈了。他有什麼資格讓老子的女人陪他喝酒。」

周喬雖然也不想進去，但，「李教授還在呢，總不能讓他們難堪啊。」

「別提李老頭。」陸悍驍冷臉，「第一天就帶妳出差，越老越不可愛，下次再也不喊他打麻將了！」

周喬被他有仇必報的神情逗笑。

陸悍驍攬過她的肩，「再說了，我遠赴千里過來負荊請罪，妳總要好好欣賞一下吧。」

就這樣，周喬被他帶上車，兩人去往酒店開好房。

陸悍驍一進去就躺床上，「愛妃，過來幫大王揉揉肩。」

周喬邊關門邊說：「你不是來負荊請罪的嗎？」

「哦，對。」陸悍驍趕忙起身，換了個姿勢，往床上雙膝一跪。

「我，該死的陸悍驍，於西元二〇一七年讓女朋友周喬不痛快，罪孽深重，應遭天打雷劈。」

說罷，他表情誇張，雙眼上翻，四肢抖動，「啊啊啊，雷劈中我了，電在抽我啊啊啊。」

周喬：「……」

「喬、喬。」陸悍驍捂住胸口，「受傷」倒床，斷氣似的說：「男人聽了會流淚，周喬看了會心碎，不道歉我好後悔，求妳再給次機會。」

周喬走過去，伸手往他腦門上一彈，「好好說話。」

陸悍驍立刻恢復正常臉，手心朝下老老實實放在大腿上，「請接受我誠懇的道歉思密達。」

周喬看了他一下，伸出手，食指挑起他的下巴。

「再有下次怎麼辦？」

「這……」陸悍驍斟酌了一番用詞，「再有下次，妳就塞個跳蛋在我褲襠，遙控器妳拿著，想什麼時候按，就什麼時候按。辦公室、開會時、與員工吃飯、接待客戶，隨時隨地隨心所欲，宇宙不爆炸，跳蛋不放假，一鍵按下，讓我褲襠的蛋蛋家族打群架。」

周喬：「……」

陸悍驍雙手合十，比在唇邊，「求求妳了好喬喬，原諒我一時的鬼迷心竅好不好？」

周喬覺得，自己沒被他氣死，也會被他笑死。

「妳笑了，是不是就代表原諒了？」陸悍驍嗨呀一聲，跳下床抱著她原地轉了兩三圈，「妳的笑容比紅牛還管用，睏了、累了、傷心了，只要妳對我笑一下，多年的內風濕都痊癒了。」

周喬揉他的臉，「你就這張嘴會貧。」

「我這張嘴不僅會貧，還會舔。」陸悍驍伸出舌頭，作勢就要湊近她的臉。

周喬嫌棄地躲開，「剪刀呢？」

陸悍驍卻突然把頭埋進她胸口，「唔」一聲，全身洩氣一般地說：「我也生氣自己為什麼如此不淡定。」

周喬安靜下來。手指捋著他的頭髮，一搓一搓的順著。

「從小，我們家除了我爺爺，全都讓著我。」陸悍驍又開始剖析起心路歷程了，「吃的、穿的、用的都是最好的，我就是大院裡的霸道校草。」

周喬輕輕笑了出來，目光落到他的頭頂，「陸爺爺說你是草包。」

「可能我就是個草包。」陸悍驍把她抱得更緊，「雖然我毛病很多，但妳能不能看在我優點也不少的份上，不要推開我，用妳三十四C的胸懷擁抱我，妳要一直寵我愛我。」

等等。

這臺詞是不是說反了。

周喬哭笑不得，「好好好，你說什麼都是對的。」

陸悍驍：「那當然，帥氣多金的男人怎樣都有理。」

周喬一聲喟嘆，下巴也抵住他柔軟的頭髮，「陸哥，你多給我一點信任。相信你選女人的眼光，相信你的感覺。」

陸悍驍著迷地點了下頭，「嗯。」

「以後，不許無端猜忌，不許沒理由地發脾氣，有事情好好說，你要解釋我都給，這樣行不行？」

不等他回答，周喬代他回答，「就這樣，不行也得行。」

陸悍驍眼神迷離，「我靠，喬喬，妳是一個年紀輕輕長得好看的霸道女孩子。」

周喬挑眉，「轉過來。」

陸悍驍：？？？

「不是負荊請罪嗎？我還沒消氣呢。」

陸悍驍緊張兮兮地轉過背，「妳想幹什麼？」

周喬挑眉，「趴下。」

「……」

我靠，這個姿勢好刺激。

兩分鐘後。

「駕駕駕！」

周喬騎在陸悍驍背上，陸悍驍馱著她滿屋子跑，「這振動幅度像不像跳樓機？」

「第二項運動，自殺式自由落體，嗨起來！」

陸悍驍揹著周喬開始瘋狂搖晃，惹得她驚叫連連。

「最後一項運動，人體炸彈——碰！」

陸悍驍揹著人往床上一摔，周喬被震得眼冒金星。陸悍驍附體壓了上來，把她困在臂彎裡，嘴角勾笑道：「這是今天的最高潮——我想睡妳。」

他的唇貼了上來，周喬用手指抵住，小聲說：「李教授他們應該快回來了。」

「回來更好。」陸悍驍吻住她鼻尖解饞，「我讓他們看現場直播。」

周喬羞澀地抬起膝蓋要頂他。陸悍驍一掌攔住，「看清楚再頂，妳想廢了我的命根子啊？」

「那你先洗個澡。」周喬摟住他的脖頸，「一身灰都臭了。」

「妳也不見得有多香。」陸悍驍攔腰將人抱起，「走，一起。」

浴室熱氣蒸騰，水流淋淋。

滿浴缸的水上下起浪，陸悍驍只露出腦袋，身子全部浸潤在水裡，他看著坐著的女孩，一點一點為他紅臉，為他抑制不住地出聲，就像一罎剛出窖的女兒紅，醉的是人。

陸悍驍的大腿架在浴缸邊沿，跟大爺似的怎麼舒服怎麼來。

他掐著周喬的腰，往下重重一壓，看她又痛苦又舒服的表情讓他成就感滿滿。

陸悍驍壞聲相告，「記住命根子的作用了嗎？命根子就是用來要妳命的東西……」

水花四濺的一夜過後，第二天，陸悍驍早早起床返程。

周喬這個臨時專案要兩天時間才能完成，但他上午十點有個不能缺席的會議，所以天未亮，陸悍驍就穿戴整齊出了門。

他性格裡雖有不正經的一面，但在重要事情上，還是克己守則，進退有度。不能遲到的會議，一定抓準時間按時參加。

事關上市公司一季度利潤報表的審核，一投入就是一整天。好不容易散會，已經接近下班。

陸悍驍在辦公室處理一些堆積事務，夜色披身時，他才準備離開。

電腦剛關，手機就響，陸悍驍拿起一看，挑眉接聽，「徐女士，還記得您有個帥氣多金的兒子啊？」

徐晨君習以為常，波瀾不驚地問：『我見你辦公室燈還亮著，朵祕書說你在加班。沒吃飯吧？徐輝路上新開了家粵菜館，一起去嚐嚐？』

陸悍驍開了擴音，邊穿外套邊回應，「難得啊，徐總親自請吃飯，等著，小的馬上下來接駕。」

徐晨君的車停在大廈路邊，陸悍驍的車經過，按了下喇叭，然後在前面帶路。

二十分鐘後，母子倆並排進了餐廳。

「這裡裝潢還不錯啊。」陸悍驍看了看牆上的壁畫，「老闆有點品味。」

服務生已經將茶斟好，他拉開木椅落座，「媽，您什麼時候回來的？」

「上週。」徐晨君吹了吹熱氣，隨意聊到，「回來後我又去了趟海市。」

陸悍驍也端起茶杯，動作頓了下，「您去那做什麼？」

「和大供商有些問題必須面談。」徐晨君淺淺略過，然後意有所指地說：「我看見你了。」

陸悍驍一點也不意外，「在紫東公館吧？」他抬眼，「媽，妳也是今天回來的啊？」

徐晨君昨天看到陸悍驍和周喬，就在那家公館門口，他們親密地抱在一起。

母子兩人這時都默契地閉了聲。

像是暗自較量的對立方，就看誰先把持不住陣腳。

最後，還是徐晨君挑出開場白。

「你和周喬到哪一步了？」她問得直捷了當。

「該到的都到了。」陸悍驍笑臉答，也真誠建議，「徐總，手上的生意能放的就放吧，我準備讓妳明年年底抱孫子。」

徐晨君的眸色和茶水一樣，她只當這是玩笑，拿起筷子夾了塊小食放嘴裡輕嚼。

「本來，你的交際媽媽不該指手畫腳，但男女關係上，我還是給你一些建議。這年頭，談談戀愛沒什麼，你情我願達到互利共贏，也算心情愉悅的體驗。」

陸悍驍握著茶杯，手指在杯壁上細細摩挲。

徐晨君放下筷子，蔻色指甲修剪精緻，她繼續道：「你成熟了，知道關係深淺，親密度也要有個尺寸，男人嘛，抽身就走，幹乾脆脆不礙事。但是女孩子不一樣，容易被牽絆——媽媽的意思是，適可而止，不要讓周喬誤會什麼。」

陸悍驍安靜地聽完，低頭品了品茶，再抬眼時，表情雖有笑，但笑意像沾了寒露未達內裡。

他問：「周喬誤會什麼？」

徐晨君：「誤會談次戀愛就必須要有一個結果，雖然她成年了，但還是學生，缺乏社會經驗，難免單純的一根筋。」

陸悍驍還是笑，反問：「她要一個結果不應該嗎？」

徐晨君動作一頓，眼神起了疑，似萬般不解，「談個戀愛而已啊。」

「我是和她確定了戀愛關係，這點我和她清清楚楚。」陸悍驍手肘撐在桌面，十指交叉著，眼神堅定，「媽媽，妳是不是還不太瞭解？」

徐晨君不說話。

沉默了幾秒，陸悍驍一字一句地說：「我和周喬是認真的。」

徐晨君眼色沉了沉，「怎麼個認真法？」

「滿意現在，並且會和她有未來。」陸悍驍報以輕鬆一笑，「就是戶口名簿、房產證明、各種檔上面，都會加上她的名字。說起來，媽，我有一個建議，乾脆幫她改姓，姓陸叫陸喬得了。」

徐晨君的臉色已經十分難看了，「你別亂來。」

「從小到大，我亂來的事情可不少。」陸悍驍捏著杯子，輕輕往桌面上磕了三下，「但這一次，我無比認真。」

徐晨君簡直痛心疾首，「胡鬧。」

陸悍驍嘖了一聲，嫌棄道：「千萬別生氣，媽，您一生氣皺紋都出來了。」

他繼續彙報自己的愛情心得，「是我主動追周喬的，沒少花工夫，當然我也從她那學會了游泳，不算虧。和她在一起，我的文學涵養得到了超高提升，出口成章，對了，媽，需不需要我現場來個押韻的對聯？」

徐晨君的右手輕輕按住自己的太陽穴。

這是她動怒的標誌性動作。

陸悍驍緩了緩，幫她續了茶水，才笑著說，「媽，周喬從心到身，都是我陸悍驍的人了。做男人不能太混蛋，您兒子，要麼不碰女人，碰了，就一定負責到底。」

他用玩笑的語氣，不動聲色地表達自己的堅定立場。

「妳不用試探我，不用拐著彎地勸說。因為妳也是要和周喬做一輩子的家人，所以我的態度，就擺在這。我們母子相處一向愉快，作兒子的，也很想知道——您，為什麼要反對？」

聽到陸悍驍的問題，徐晨君索性也放下茶杯。

「你知道她爸媽的事吧？」徐晨君問。

「知道。」

「當然，我不是因為他們離婚，就遷怒孩子。她媽媽叫金小玉，說起來，當年也是個風雲人物，行為大膽，處事開放，並且圓滑勢利。」徐晨君幾乎不用怎麼回憶，就能找準這些客觀的形容詞。

「都住同一個地方，抬頭不見低頭見的，不用多接觸，日久見人心。金小玉有一點我最是佩服，從小表現出的伶牙俐齒可以把白的說成黑，把錯誤推卸到別人身上去。她能在長輩面前掙個好印象，我一點也不奇怪。」

徐晨君頓了下，繼續說：「你的爺爺、奶奶，就是被她所謂的天真爛漫迷了眼，認了她當乾女兒。笑話。」

陸悍驍聽到這裡，已經理出了根源所在，他總結道：「就因為妳不喜歡周喬的媽媽，所以妳也不喜歡她？」

徐晨君：「有時候你不得不相信，基因遺傳這些東西。」

「媽。」陸悍驍手指微彎，骨節向下，重重扣響了桌面。「您一個商場女強人，說這話就不合適了啊。」

徐晨君抬頭，「好，我收回遺傳基因理論。但事實上，孩子的性格養成和塑造，是與父母分不開的。金小玉和周正安都是同一種人，夫妻倆各玩各的，毫無家庭觀念。悍驍，你不能看表面，這些成長環境影響到的，是她內在的問題。」

陸悍驍眉頭越聽越皺，道：「我試過了，她內在沒問題，在一起舒服得很。」

徐晨君清了清嗓子，「悍驍。」

「媽，我不贊同，也不認可妳的每一句話。」陸悍驍也攤開直說，「您說的這些不是扯淡嗎？還不如聽我現場對聯呢。」

徐晨君雖未多言，但表情也寫了三個字：談不攏。

「這事我們先不說，周喬爸媽事情再破爛，那也是他們自己負責，妳那些偽科學言論趕緊收起，說出去笑話。」

這時，服務生進來上菜，一碟一碟很精緻。

陸悍驍食欲全無，分開筷子，光夾面前的開胃菜酸蘿蔔吃。

徐晨君瞭解兒子，他怒極的時候，是寡言的。

「悍驍，你——」

「我肯定是要和她在一起的。」陸悍驍放下筷子，不耐煩地抽了紙巾拭嘴，「媽，妳不要搞些這種事情，老寶貝可愛一點不好嗎？」

徐晨君懷柔政策，沒硬頂，而是動作輕柔地盛了碗雞湯遞給他，「你啊，從小野慣了，我和你爸對你管教太少。」

「這跟我的感情生活沒關係。」陸悍驍說：「我們母子開誠布公地談過了，態度也表明了，妳要是不接受周喬，沒問題，以後我們搬出去住。」

徐晨君語氣嚴肅，「陸悍驍。」

「我的徐大老總、徐富豪、徐博士、徐寶貝。」陸悍驍也是盡力了的模樣，「唉，改天我買幾盒靜心口服液給妳，不應該啊，更年期早過了啊。」

徐晨君覺得又氣又好笑。

見氣氛鬆動了些，陸悍驍端起雞湯一口乾完，然後放下說：「不高興，不吃了，我走了。」

還真是一丁點理由也不敷衍，是什麼就是什麼。

徐晨君阻止不了，留下一臉無奈。

「哦，對了。」手搭在門把上，門剛拉開一半，陸悍驍側過身，明確地表示，「有什麼不滿，您沖我來，有事說事，但是，不許去嚇唬周喬。」

徐晨君欲言又止，「唉，你這孩子。」

「我這孩子就是這麼炫酷討厭，三十歲了，您也沒辦法退貨了。」陸悍驍大步邁了出去，還伸手大幅度地左右搖擺，「皇太后拜拜。」

吃了頓不歡而散的午餐，關鍵是還沒吃飽。

陸悍驍坐車裡半天沒動，頭枕著座椅閉目養神，真躁啊。

這時，手機響，是新訊息。

陸悍驍拿起一看，是周喬傳的幾張照片。

『今天中午吃牛蛙，看它的大腿，像不像你的？』

陸悍驍從收到她的訊息起，嘴邊的笑容就開始綻大。他放大那張圖，一隻健碩肥美的牛蛙腿，油光四射引人垂涎。

陸悍驍輕輕笑出了聲。

不等他回覆，周喬又傳來一則：『打工提前結束，今天晚上回來，約夜宵否？』

陸悍驍點了根菸，咬在嘴裡，空出手回覆：『想吃什麼？』

周喬：『蛋炒飯。』

陸悍驍一隻手擱在車窗上，食指彈了彈菸身，菸灰極輕下墜。

他單手打字：『蛋炒飯沒有。只有我。吃嗎？』

本以為周喬又要說他不正經，哪知，她的回覆是：『那你洗香一點哦。』

# 第二十章　愛很難

周喬近零點才到，陸悍驍讓她直接來公寓。

一進門。

「什麼味道啊？」周喬使勁嗅了嗅，「好像燒焦了。」

陸悍驍走去廚房，「坐坐坐，我幫妳弄的蛋炒飯。」

很快，他端出來一個貌相精美的碟子，周喬瞄了一眼，嗯，碟子比飯要好看。

她問：「這是你親自炒的呀？」

陸悍驍點點頭，訴苦道：「那個鍋一點都不好用，我洗完放上瓦斯爐，然後點火放油，媽呀，劈里啪啦炸得我手臂都起水泡了——妳看！」

他捲起衣袖，可憐兮兮地伸到面前，「看水泡一顆兩顆三顆四顆連成線。」

周喬真懷疑他會唱出來，於是笑著低下頭，「辛苦了辛苦了，來，我吹吹。」

「吹？」陸悍驍一聽敏感字眼，趕緊收回手臂，飛快地將臉湊過去，噘著嘴說：「往這吹，用力吹。」

周喬呼吸變快，和他安靜對視兩秒，然後情不自禁地摟上了陸悍驍的脖頸。

像是得到召喚，陸悍驍配合地雙手後撐，整個人挺向她。他們坐在沙發上，很快，周喬就把他推倒。

一個纏綿而熱情的吻。

陸悍驍雖然投入，但周喬能感覺到細微的差別。

她離開他的唇，抬起頭，就這麼望著他。

陸悍驍笑著抵出舌尖，圍著上下細緻地舔了一圈，然後說：「我中午喝了雞湯，妳嚐出來了沒？」

周喬吧唧兩下嘴，裝作品嚐，「野生土雞，嗯，散養的。」

「小東西。」陸悍驍笑道。

周喬斂了斂神，試探地繼續，「並且是和你媽媽一起吃的。」

陸悍驍笑容未散，坦誠地點頭，「是。」

周喬咽了咽喉嚨，眼神有點不確定地飄忽，「那你媽媽說什麼了嗎？」

「周喬。」陸悍驍打斷，「其實她來找過妳對不對？」

半晌安靜。

周喬說沒有。

「呵。」陸悍驍一個心知肚明的笑音，「從我這搬出去的事，她多少有干涉。妳笨啊，不知道跟我說嗎？」

周喬「嗯」了聲，「說什麼？訴苦嗎？讓你為我出頭？還是……讓你和家裡人吵一架？」

這些都是她不願意看到的。

陸悍驍長手繞到她腦後，按住後腦勺往自己胸口壓，緊緊地抱住。

「周喬。」

「噓。」

隔著一層羊絨毛衣，心跳聲重搥而來。

周喬聲音輕輕的，「你不用多說了，我已經從這裡聽到答案了。」

「都什麼年代了，我們不是苦命鴛鴦啊。」說到這裡，她被自己逗笑，「陸哥，我是確定喜歡你，才會跟你在一起。只要我還喜歡你，我就一定跟你在一起。」

「你媽媽不喜歡我，我就聰明點，體貼一點，打電話問候身體，買些禮物讓她開心。總有一天，她應該會對我改觀的吧。」

這個不確定的語氣詞「吧」，聽得陸悍驍一陣心酸。

他摸著她的背脊，一下一下輕柔地撫慰。

「妳不用為任何人改變，做妳自己，做妳想做的，我在背後幫妳撐腰。」

「你傻呀。」周喬偏過頭，仰望著他，「那是你媽媽，你幫我撐腰做什麼？男人好好賺錢，家長里短少去管。」

陸悍驍笑著捏了捏她鼻子，「喲呵，這語氣，管家婆啊。」

周喬躲開，「別捏我。」

「鼻頭捏大一點好。」陸悍驍說：「鼻子大的人，能生兒子。」

「生你個頭。」周喬要打他。

「哎嘿哎嘿，還不樂意了。」陸悍驍把她的拳頭收攏掌心，「妳不跟我生，還想跟誰生啊？」

周喬想了想，很認真地答：「Daniel。」

說完，她掙脫懷抱，輕鬆跳下了沙發，光著腳丫走在地上，「我要吃蛋炒飯了。」

陸悍驍百思不得其解地呆坐在沙發上，想了半天，頓時心驚肉跳。

這個Daniel，該不會又是她的哪位學長吧！

周喬是個言出必行的人，她深知，在這種「婆婆媳婦」式的關係裡，一味的逃避就是死路一條。

上午空閒的時候，周喬拿著從陸悍驍那拿來的手機號碼忐忑不已。

是先打電話還是先傳訊息？

工作日比較忙。

周喬想，還是先傳訊息吧。

『徐阿姨您好，我是周喬，一直沒來得及拜訪您。前兩天逛街的時候，看到一條絲巾，冒昧地認為寶藍色很配您。徐阿姨，看您什麼時候方便，我帶過去給您。』

一則訊息，刪刪改改，反覆寫了六、七遍。

周喬覺得，自己升學考作文都沒這麼緊張。最後，她把「逛街」替換成了「逛商場」，這樣看起來顯得高檔一點。

周喬輕呼一口氣，七上八下地點了傳送。

接下來的時間，她做什麼都心不在焉，手機放在旁邊，螢幕朝上，時不時地看一眼。好幾次分心，被李教授抓個正著，小老頭鬍子一翹，「上課的時候，記得把陸悍驍那小子拉黑。」

齊果他們隱隱發笑。

周喬臉紅不已，真的，好緊張吶。

足足半小時，手機震動嗡嗡，終於！

周喬心驚肉跳，跟做賊似的拿起偷偷塞到下麵，然後低頭一看。

徐晨君：『不用了。』

三個字毫無溫度，連標點符號都吝嗇。

彷若一瓢冷水，將周喬從頭到腳底，澆了個裡裡外外的透心涼。

城市另一邊。

陸悍驍坐在辦公室裡，朵姐送上待簽閱的文件。

「陸總，這是和供應商第三季度的合約，法務部已經審核過了。」

「這是上個月的員工薪資報表，預計下午發放到位。」

陸悍驍邊聽邊簽，都是內部文件，可以盡情使用陸氏瘋體。

朵姐在一旁嘖嘖稱嘆，「陸總，您這個字體，真的可以去申請非物質文化遺產了。」

陸悍驍差點沒咳死，妳那三十萬年薪怎麼不去申請遺產。

「這字太好看了，就像您和小喬妹妹的愛情，龍飛鳳舞纏纏綿綿呢。」

朵朵姐拍馬屁的功力與日俱增，這話陸悍驍愛聽。

「朵姐，我發現妳成語用得不錯啊，再說幾個來聽聽。」

「喲，不敢賣弄了。」朵姐可是個識時務的好孩子，「陸總可是語出成章，押韻棒棒的大文豪。」

「得了得了。」陸悍驍笑著打斷，「越說越離譜。」

朵姐得令，安靜地閉上了嘴巴。

簽了一陣子，陸悍驍還是被昨晚周喬那句「想和 Daniel 生孩子」擾得心煩意亂。於是脫口問朵姐：「妳知道 Daniel 是誰嗎？」

朵姐很快點頭，雙手合十星星眼，「知道啊！就是吳彥祖嘛。」

「嘶啦」一聲響——得到答案的陸悍驍，手勁沒控制住，筆尖轟轟烈烈地劃破了紙張。看不出來，他的喬妹妹也追星呢。

陸悍驍這麼年輕時髦，當然是知道吳彥祖的。長得好看肌肉有型，最重要的是年紀比他大。這麼一想，陸悍驍的心情又好過了一些，周喬連比他大的男人都喜歡，可見是不會再嫌棄他的年齡了。

一旁的朵姐不明白，老闆怎麼突然傻笑起來了呢。

陸悍驍回過神，揮揮手，「行了，妳先出去吧。」

朵姐應道，「好的陸總，有事您再叫我。」

等人走，陸悍驍覺得時間也差不多了，於是打電話給徐晨君。徐晨君接得很快，陸悍驍笑道，「沒打擾皇太后開會吧？」

『你時間點抓得好，剛散會。』徐晨君抿了口花茶，聲音滋潤。

陸悍驍舒展地往椅背上一靠，「我收買了妳的祕書，趕緊炒他魷魚。」

徐晨君呵的一聲笑，『你呀，是無事不登三寶殿，說吧，找我什麼事？』

陸悍驍：「周喬說買了禮物，今天送去給您，她過去了沒？沒去的話，等等我帶她一起，中午約您吃飯。」

徐晨君明白，兒子是在中間牽線搭橋扮好人呢。

『她沒送來。』徐晨君頓了頓，直接說：『我拒絕了。』

「拒絕？」陸悍驍一聽皺眉，「幹什麼呢？」

『不喜歡就拒絕而已。』徐晨君針鋒不讓，『怎麼，就許你大做文章，不讓媽媽真情流露了？』

陸悍驍被噎住，一團火在喉嚨裡燒著般。

他隱隱怒聲，「妳拒絕她幹什麼？周喬也是一番好意，妳給點面子行不行啊，一個女孩子，您何必呢。」

徐晨君平靜自如，『昨晚上吃飯，你要媽媽別干涉你，那現在同樣的話，媽媽也還給你。』

「我的天，您當敵軍大戰呢？」陸悍驍都快委屈死了，「您一點也不可愛了。」

『我要可愛做什麼，一把年紀，你昨天還說要買靜心給我呢。』徐晨君刺著他的話回。

陸悍驍直接掛斷了電話。

煩心。

想著周喬心裡不好受，陸悍驍壓了壓情緒，拿起手機打給她。

沒兩聲，那邊就接了。

周喬語氣還算正常，『怎麼啦？』

陸悍驍想著不知如何說起，隨便找了個話題，「今天在學校有沒有看到帥哥啊？」

周喬笑了起來，『看到了。』

陸悍驍：「又是Daniel是吧？」

雖然見不到面，但能感覺她的呼吸變快，應該是笑容綻放。周喬『哇哦』一聲，『你好懂。』

「我改名叫陸彥祖吧。」陸悍驍調侃她，「晚上的時候，來個角色扮演，妳就叫我，啊，陸彥祖，再快一點。」

周喬：『……』

陸悍驍呵呵兩聲，玩笑也開了，兩個人反而陷入了沉默。

「那個。」

『那個。』

幾秒之後，竟然異口同聲，心往同一處指。

「妳先說。」陸悍驍鬆了鬆肩膀，靠著皮椅轉了小半圈，面向落地窗。

周喬語氣很輕鬆，『給你媽媽的禮物，她答應收了喲！』

陸悍驍舉著手機，手臂一僵。

『她在電話裡跟我說了謝謝，特別友善，對了，我還拍了張照片傳過去給她，她說很漂亮，我下午下課早，就送過去給她。』

周喬的聲音歡快起伏，找不出一絲破綻。

陸悍驍心酸，「喬喬……」

『你不用陪我啦，我知道怎麼走，換乘一趟地鐵就到了。』彼時的周喬，躲在實驗室無人的走廊裡，手指把毛衣揪成一團。

她咧開嘴，才發現隔著電話，不需要面部表情。

默了默，她依舊保持開心的語調，『其實你媽媽是個很好哄的人，我多哄幾次，她就會喜歡我了。』

這通電話，陸悍驍罕見地想提早結束。

一想到他的女孩強顏歡笑的模樣，真的太難受了。

周喬拿著手機，回到實驗室。

齊果正在電腦上做資料分析，抬頭看了她一眼，「喬喬怎麼了，臉色不太好啊？」

「沒事。」周喬把手機揣回口袋裡，故作輕鬆地用兩手揉了揉臉，「外面溫度好高，被太陽照的。」

「這天氣好奇怪啊，才五月呢，都三十度了。」齊果搖頭晃腦，「是該拿出花裙子了。」

周喬笑著走過去，「五月也不早啦，昨天都立夏了。」

「啊？立夏啦？」齊果邊聊天邊看郵件，突然「咦」了聲，「有案子呀。」點了兩下滑鼠，她興奮道：「還是去美國呢。」

「嗯？」周喬聞言，側頭瞄了瞄螢幕，「什麼？」

「系裡的暑期實習專案，每年都有，兩個月在外頭。今年選在美國，去了，還能看NBA現場呢。」

周喬隨口問：「這個有要求嗎？」

「有啊，考量成績什麼的，不過，都不頂我們李老頭一句話管用。」齊果邊看公告邊說：「只要李教授推薦，肯定去的了。」

周喬問：「那妳準備去嗎？」

「妳去我就去。」齊果笑呵道，「去做研究，男孩子居多，女孩子很少的，多無聊啊。」

周喬笑笑，這事也沒放在心上。

郵件是群發的，周喬打開自己的電腦也收到了一份，粗略看了看，剛看到中間段，她手機響。周喬一看，心裡咯噔。

是徐晨君。

她拿起手機，飛快地溜出實驗室。

「喂，伯母您好。」接得快，她氣息都是發抖的。

『周喬。』徐晨君的聲音聽起來冷淡許多，『妳這孩子很懂事，謝謝妳的絲巾，之所以拒絕，是因為妳一個學生，不希望妳破費。』

「不會不會。」周喬當即解釋，「伯母，只要您喜歡就好。」

徐晨君冷靜地聽著她的小心翼翼，軟了語氣，『好啊，那妳下課了嗎？什麼時候有空？我去妳那拿禮物。』

周喬本是要搭車過去，但拗不過徐晨君的執意。

她們約三點半。徐晨君這次由司機送來，黑色賓士，搖下半邊車窗，她的側臉冷豔而優美，眉眼淡淡微彎，朝對面馬路邊等待許久的周喬示意。

周喬不敢怠慢，小跑過去，俯身說：「伯母。」然後遞上精緻的禮物袋。

徐晨君沒接，對她笑，「下課了，還有事情嗎？」

不等周喬回答。

「上車吧，正好我今天也空閒，陪我去喝下午茶。」

徐晨君的語氣雖然溫和，骨子裡的凌厲還是透著不容抗拒。周喬本就是弱勢的一方，雖然心裡忐忑，但也不敢忤逆，於是乖乖地順從。

徐晨君帶她去了一家頗高級的會館，和平日陸悍驍帶她去的地方差不多。

到了才發現，還有別的人在。

「晨君，都等妳十幾分鐘了啊。」其中一人五十模樣，與徐晨君年齡相仿，坐在麻將桌前，脖頸上的金鑲玉墜子十分惹眼。

另外兩人附和，「遲到老規矩，晚飯妳請囉。」

徐晨君邊笑邊說：「請請請，洗牌吧。」

周喬還沒反應過來，懷裡一重，被塞進了東西。

是徐晨君的手提包。

徐晨君動作自然而然，把包給她，甚至沒再看她一眼，款款走向牌桌落座。

周喬愣住。

「哦，周喬，妳先坐沙發那休息一下，想吃什麼自己點。」徐晨君似乎終於記起還帶了個尾巴過來。

周喬抱著她的包，環顧了房間，沉默地走向沙發。可剛要坐下去，就聽牌桌上的人說：

「麻煩這位小妹妹幫我叫杯檸檬汁。」

另一個接話，「我要紅茶，妳要喝什麼？」

「都是些不健康的飲料，我要水，溫的。」

周喬愣了幾秒，才發現這都是對她說的？

周喬茫然無措，把目光交到徐晨君身上。徐晨君頭也不抬，只顧著抓牌，語氣像是吩咐。

「周喬，那就麻煩妳跑一趟了，哦，給我來杯菊花茶吧。」

稀哩嘩啦的麻將聲嘈耳，周喬被這些聲音刺得像是耳鳴，什麼都聽得到，但又好像都是盲音。

她麻木地開門，關門，再走向服務檯，等她回來，腳還只踏進一隻，就聽到那位戴著金玉墜子的阿姨又說：「哎喲，肚子有點餓了，小妹妹，妳能不能幫阿姨跑跑腿？去買點蛋糕回來？」

周喬還是下意識地看了徐晨君一眼，但她正襟危坐，只顧看牌，權當沒聽見。

態度已經十分明顯了。

周喬扯了個勉強的笑容，「好。」

「要城西路街角那一家的，紅豆口味。」

周喬拖著疲憊的身體出門。

包廂裡的麻將聲漸小。當了壞人的那位直嘆氣，「看這小女生多討愛人啊，晨君妳真是的，我都不忍心了。」

其餘兩個連連贊同，「是有點為難人，欸，怎麼回事啊晨君？」

徐晨君在下張牌之間猶豫不決，手指來回點了點，毫無情緒地說：「妳們都少說兩句。我有我的打算，照著做吧。」

「城西路那麼遠，讓人去買蛋糕，我都過意不去了。說好了啊，蛋糕買回來，我就不再當惡人了。要刁難，妳自己去。」

徐晨君略為煩躁地打出一張牌，結果被對家一聲興奮吆喝，「等等，胡了！」

徐晨君把牌一推，她看了看手腕上的錶，又看了看門口。也不知怎麼的，竟然沒了那份心情。

周喬對這個片區不熟，順著路標走了好遠，又問了幾個路人，才摸清城西路的大致方向。兩站路，公車也不直達，還要走路去找。於是周喬就一路問過去，花了半小時好不容易找到。

店面也不是什麼有特色的高級店，相反的十分普通，客人稀少，老闆也懶洋洋的。周喬實在不明白，那位阿姨為什麼要指定吃這家。

但很快，她又反應過來，或許人家不是真的想吃，是故意的而已。

這家店也是奇葩，紅豆蛋糕做得大，再用紙盒一包，拿著四個十分吃力。周喬一手提兩個，逆著街上人群走，還擔心會被碰到。

在十字路口等紅綠燈的時候，她包裡手機催命似的響。周喬將蛋糕放在地上，急忙接聽，「喂，伯母。快了快了，等我十五分鐘。好好好。」

電話還沒講完，人行道通行，時間只有二十秒。

周喬把手機塞在側臉和肩膀之間夾著，急忙提起四個大蛋糕盒，快步走斑馬線。

電話裡還在說什麼，她已經聽不清了，只顧著橫穿馬路，結果鞋帶鬆了沒發現。走了幾步，左腳踩右腳——「哎呦！」

周喬一聲痛叫，手機蛋糕全部飛了出去，人也結結實實地摔到了地上。

這是水泥地，初夏的衣裳已經很薄了，周喬疼得半天沒恢復過來，手掌搓了一大塊皮，雖然穿著長裙，但也抵不住膝蓋被磨破。

疼。

哪裡都疼。

通行時間早就過了，車鳴轟個不停。周喬臉頰發燙，像是眾目睽睽之下的異類。她手忙腳亂地爬起，蹲在地上，把散亂的蛋糕盒理好，手機螢幕摔碎了，一長條從頭橫到尾。

喇叭聲越來越不滿，越慌就越幹不好。

周喬沒了章法，好不容易插好的一個蛋糕盒又裂開了，裡頭的蛋糕也滾了出來，在水泥地上拖出長長的奶油印記。

周喬抬起頭，就看到馬路對面在等綠燈的打掃工人，拿著掃帚，一臉很不滿的表情望著她。

周喬低下頭，看著一地狼藉，再看著自己摔碎的手機。眼淚「啪嗒」一下滾落。

她乾脆什麼都不要，起身小跑穿過馬路。

到了對面時，她清晰聽到工人抱怨的聲音，「一下午事情那麼多，本來可以下班的，蛋糕好難清掃的咧！」

一瞬間，彷彿全世界都在對她指指點點。

周喬眼睛發酸，眼淚跟水庫放閘一樣，怎麼都控制不住。

而包廂裡，麻將桌上。

「這麼久都沒有回來，是不是走了啊？」要吃蛋糕的阿姨面有難色。

徐晨君表情淡，看似認真算牌，但心也跟飄著似的，飛得七上八下。

半晌，她丟出一張八萬，聲音清淡，

「但願她知難而退。」

公寓。

陸悍驍下班回來，一進門，就看到客廳裡亮著燈。

周喬坐在沙發上，電視機開著，在放一個聒噪的綜藝節目。

「咦？妳平時不是不愛看這種嗎？」陸悍驍換好鞋走過去，隔著沙發，從後面摟住她的脖頸，側頭往她臉上「啵」了一口。

周喬很安靜，嘴角微微翹著，看起來像在笑。

「無聊嘛，隨便看看。」

她表情很正常，但陸悍驍總覺得哪裡不對勁，眼珠一轉，目光移到她手上。

周喬的手心朝下虛掩著，但他還是細心地察覺到。

「我看看。」陸悍驍繞過來，和她並排坐上沙發，不由分說地捏住她的手腕。

「嘶——」周喬倒吸氣，皺眉。

陸悍驍看到她手心蹭掉了一大塊皮，血肉模糊的，頓時緊張，「怎麼了怎麼了！」

周喬任他握著，什麼動作都沒有，也不說話。

陸悍驍很有經驗，這手是摔傷，摔了手，那腳肯定也有事。於是，他掀開她的裙子至大腿。

果然。

「說。」陸悍驍眉間隱有不耐，嚴肅問：「怎麼回事？」

安靜了片刻。

周喬看著他緊張的模樣，突然伸手捏了捏他的臉，輕鬆道：「沒事啊。只是覺得……」

陸悍驍沒心思開玩笑，「覺得什麼？」

周喬扯了一個疲倦的微笑。

「覺得……愛你挺不容易的……」

陸悍驍渾身警鈴大作，直勾勾地盯著周喬，像要將她的心看出個底朝天。

周喬卻對他眨了眨眼睛，露出白牙，忽地笑出了聲，「這麼嚴肅幹什麼？愛你是不容易啊。」

她的食指又細又長，指腹還帶著微溫，輕輕點向陸悍驍的眉毛，「長得帥，鼻子挺，嘴巴也會說話。」

她的手指一路下滑，定在陸悍驍的嘴唇上，眼裡閃閃發光，「啊，怎麼會有這麼好的男人啊。」

陸悍驍對這恭維誇讚，並未有太多感覺，但一想，可能只是她的玩笑話，也就沒深思了。

「既然這麼好，那妳就抓牢點。」他笑得春風得意，「不然我就跟人跑了。」

周喬輕呵，「怎麼抓牢？把你栓在褲腰帶上？可是我又不繫皮帶。」

陸悍驍故作深沉地摸了摸下巴，「我還是自覺點吧，把那裡上把鎖？」

周喬配合地猛點頭，「還要那種帶報警的，一碰就哇哇叫。」

稍一設想那個畫面，有點辣眼睛。

兩個人相視著，同時笑出了聲音。

周喬解釋自己的傷口，語氣平常，「回來的路上，下公車的時候，不小心踩空了，摔了個狗吃屎。」

陸悍驍只顧著她受傷，「我帶妳去醫院看看。」

「不用了，我抹過藥了。」周喬想把長裙放下去，被陸悍驍制止，「別碰著傷口，換套衣服。」

但搬家的時候，周喬只留了兩套睡裙在他公寓，陸悍驍也想到了，於是起身拿車鑰匙，「等著。」

周喬喊都喊不住，就看他出了門。

一小時後，陸悍驍提了三四個大紙袋回來了。周喬一瘸一拐地正從廚房喝完水出來，「咦？你買什麼呀？」

「衣服。」陸悍驍把紙袋放沙發上，然後逐一拿出，「尺碼應該合適。」都是一些樣式簡單，但品質不錯的夏裝，顏色清爽，裙子長度在膝蓋上方一點。陸悍驍很細心。

還有個黑色的小巧袋子，陸悍驍把內衣拎出來，周喬不好意思地撓了撓耳垂，「……我有。」

陸悍驍塞進她懷裡，無辜道：「可是我想看啊。」

「……」周喬低頭看了看，問：「能換貨嗎？」

「怎麼？」

「尺碼不對。」

買大了。

陸悍驍卻肯定道：「不會錯的。妳以前穿C，現在大了半杯，店員說這個尺碼正合適。」

「……」

「被我摸大了哈哈哈。」

周喬掄起內衣就要揍他，陸悍驍靈敏一躲，「不好，有胸罩！」

周喬邊笑邊打，奈何腿腳不便，她當即一聲喝斥，「給我站住！」

陸悍驍立正稍息，敬了個標準的軍禮，「是！報告夫人，關愛殘疾人士人人有責！」

周喬軟拳搥向他的右肩。

「哎嘿哎嘿。」陸悍驍立刻陶醉臉，「啊，舒服，用力，再用力啊。」

周喬身體越靠越近，手還不停。陸悍驍偏臉躲，最後不躲了，索性一把將她抱離地面，「打臉就犯規了啊！」

「你的臉不能打？」周喬故作凶狀。

陸悍驍沉思了幾秒，妥協地點了下頭，「別人不能，老婆能。」

這下子反而輪到周喬縮頭了。

陸悍驍得意地挑眉，「打啊，怎麼不打了？」

「……」

打了就是你老婆。才不給你白撿一個如花似玉的老婆呢。

周喬認了，抱著準備好的睡裙要去洗澡。

陸悍驍看她落荒而逃的背影，笑罵，「小慫包。」

浴室門關緊還落了鎖。

陸悍驍這才揀起買給她的新衣服，吹著口哨去主臥洗手間手洗了。

周喬洗完澡出來，正巧看見陸悍驍在陽臺上晾衣服。隔著幾公尺遠，他的背影融入窗外的夜色裡，成熟堅挺的身形挺得直，低頭認真地將濕衣服撐平。

周喬站在原地，看著他心底一片潮熱。

察覺到動靜，陸悍驍側頭，笑著問：「洗完了？我新換的沐浴乳，味道好聞嗎？」

周喬不說話，走過去從背後摟住他的腰，臉輕輕貼著他的背。

「喲。」陸悍驍放輕聲音，拍了拍她環在腰間的手背，「這是社區送溫暖啊？」

周喬悶聲：「你真好。」

「要是真的好，妳就跟我去登記結婚嘛。」陸悍驍把衣服掛在衣杆上，然後按了開關，衣架緩緩升高。

周喬卻撒嬌似的，抱著他不肯放手，難得的黏人。

「我能不能問你一個問題？」

陸悍驍：「難嗎？」

「難。」

「好。」陸悍驍：「你問。」

「我和你媽媽同時落水，你會救誰？」

「……」

陸悍驍差點忍不住笑出聲。

感覺到他身體微顫，周喬的頭埋在他背上，聲音更悶了，「笑什麼。」

陸悍驍扣著她的手，「這個假設不存在。我的寶貝可是能教會我游泳的人。妳不需要我救的。」

雖然知道這個問題本身就是幼稚，但聽到答案，周喬還是心酸了一下。

「所以，你會救你媽媽對不對？」

「徐太后不會游泳，我們一起救她唄。」陸悍驍的思考方式，習慣立足現實思考，根本沒去想這問題背後的種種深意。

周喬艱難地咽了咽喉嚨，「嗯。」

「不過。」陸悍驍突然又說：「如果真的有那麼一天。」

周喬倏地呼吸暫停。

「我還是會先救我媽。」陸悍驍說，「救她上岸，再跳下來，陪妳一起死。」

就像箭在弦上，突然發射。

周喬聽完後半句，整個人都軟下來。

陸悍驍把她轉過來，面對面，皺眉往她額頭上一點。

「幹什麼呢，想些亂七八糟的。我媽當老闆當慣了，身上難免有點獨裁陋習，妳隨她去吧，她一個人的獨角戲唱不起來的，我挑的老婆，我自己寵著。」

他是一副輕鬆自得的模樣，話說得讓人寬心。

但周喬聯想到陸母的種種言行。

真的……能往好方面想嗎？

日子照常過。

陸悍驍在週五下班後回了趟陸家。本來是要帶周喬一起的，但她晚上還有課，來回時間不夠只能作罷。

一進門，陸悍驍就嗅著鼻子，「嗯，這味道正點，齊阿姨做的糖醋魚！」

聽到聲音的陸奶奶從廚房出來，滿臉笑，「鼻子老靈了。」

「奶奶。」陸悍驍端詳了半天，誇張道，「天嘞，您皺紋又少了三條。上次看，是四條呢！」

陸老太太被逗得咯咯笑，滿心歡喜地讓孫子吃水果，「嚐嚐，這柳丁可甜了，你爺爺上次一口氣吃了兩個呢。」

「那我要吃四個。」陸悍驍叼了一片，一點也不含糊地誇讚，「好吃！」

沒多久便開飯，一家人其樂融融。陸悍驍是個話多的，一圈下來，把家裡每個人都哄得笑聲不斷。

在聽到他彙報的工作近況後，就連嚴厲的陸老爺子都眉眼舒展。

陸悍驍評價今天的菜，「這道魚做得不錯，下次帶周喬過來，齊阿姨妳再做給她嚐嚐。」

提起這個名字，徐晨君筷子一頓，抬起頭，發現陸悍驍正有意無意地看著她。

兒子吊兒郎當地一笑，「媽，周喬和妳一樣愛吃魚。巧死了。」

徐晨君點點頭，敷衍道：「愛吃魚的那麼多，哪裡巧了。」

眼見起了矛頭，陸奶奶眼色明利地適時打圓場，「吃魚好，吃魚的孩子腦子聰明頂頂。來，悍驍多吃點。」

陸悍驍：「謝謝奶奶。」他低頭挑著魚刺，「媽，難怪妳這麼聰明，原來是吃魚吃的。」

徐晨君笑納，漫不經心地說：「嗯，希望周喬也是個聰明女孩。」

「那當然啦！」陸悍驍特別驕傲，「不聰明能考上名校研究所嗎？」

母子倆的聊天已經硝煙味瀰漫了。

徐晨君放下碗筷，「爸媽，你們慢吃。」

然後離座上樓。

陸悍驍也把勺子一放，「吃飽囉。」

他走到院子，披星戴月的天空頂在頭上。陸悍驍趴在欄杆上抽菸。

陸老太太老遠聲音就傳來，「就說找不著人呢，到這躲清靜來了。」

陸悍驍伸手驅散空氣裡的菸味，轉過身，「奶奶，才吃過飯又吃水果，您餵豬呢。」

「把你餵成豬才好哦。」陸老太太遞上一盆草莓，「老老實實的豬多可愛，一點都不用操心。」

陸悍驍笑笑，接過果盤。

「你這孩子呀，唉。」陸老太太突然一聲嘆氣，伸手拂去陸悍驍肩頭的一根頭髮，憂心道：「你媽媽也是個倔性子，你就不要和她對著幹了嘛。」

陸悍驍笑著反道：「我和她對著幹了？」

陸老太太今天穿了一身玉白色的老式旗袍，像極了諄諄教誨的舊時老師。

「其實嘛，我也是不贊同晨君的做法的，喬喬老好了，我喜歡這孩子。但是，晨君畢竟是你母親，母子兩個鬧得像豆子蹦似的，難看喲。」

陸悍驍：「我知道。奶奶，您沒見著我一直在忍嗎？」

「忍忍好，忍忍好。」陸老太太心甚慰，把事往好裡攬，語重心長地勸說，「你媽媽就是這樣的性子，哄哄就好的，你就哄著她點嘛。讓喬喬也多陪陪她，耐點煩，用點心，她總會感化接受的。」

陸悍驍叼著一根沒點燃的菸，從左邊叼到右邊，上下晃了晃。

他沒說話。

陸老太太知道，孫子在考慮這個提議。於是趁熱打鐵繼續遊說，「你和喬喬是年輕人，氣量要寬大一點，不要遇到困難就退縮了，也不要對著幹。吃點苦，受點委屈，那也是應該的。悍驍，你說對不對呀？」

陸悍驍彎了彎嘴，把菸從嘴裡拿下，夾在手指間。「陸老師，您退休幾十年，育人教誨寶刀未老啊。」

陸老太太慈眉善目，很有福相，她還是不放心地囑咐，「要聽奶奶的話啊，你們都乖乖的。」

陸悍驍攬著她的肩並排往屋裡走，「好好好，聽您的，您長命百歲。」

話說回來，陸老太太是這一大家子裡，最洞悉的長者。

陸悍驍知道，奶奶說得很在理。徐晨君雖然性格烈如火，年輕時候也是個不撞南牆不回頭的角色，認定了的事情很難去改變。但畢竟是一家人，「吃軟怕硬」對外人可能不管用，但對自己的親人，多少還是有點效果的。

從陸家回去之後，陸悍驍也拐著彎地提到了這些。

周喬是聰明人，一聽就明白他的意思。讓她對徐晨君熱情一點，主動打打電話，買點小禮物哄長輩開開心。

用陸悍驍的話說，「這麼明理懂事的兒媳婦，誰不喜歡誰眼瞎。」

周喬笑了笑，沒發表任何意見，清清淡淡地應了他，「好。」

沒幾天，還真的有了這麼一個機會。

徐晨君住院了。

在公司半年一次的例行體檢中，她被查出子宮肌瘤。性狀未知，需住院進一步化驗確認。陸家很快安排妥當，萬幸活檢結果是普通的肌瘤。

但由於個頭不算小，醫生建議手術切除。

這種婦科手術技術已經相當成熟，不用開膛破肚，微創，在肚子上打個小針孔就行。

徐晨君從檢查出來住院，到手術結束能下床自由活動，不過一星期。陸悍驍挑了一個最合適的時間，準備讓周喬過去探望。

「水果別買香蕉，我媽不喜歡，再提一箱牛奶。」前天晚上，陸悍驍把一切安排妥當，「哦，對了。」

他拿出一個精緻的禮品袋，「這是個蘭花胸針，妳就說是妳買的，送給她當禮物。」

周喬安靜地聽著，看著一地準備好的東西，最終目光落向胸針。

她說：「我自己買吧。」

拿著這一切，走個過場，目的性太明顯了。

周喬說：「我本來就是要去探望她的。」

「沒事。」陸悍驍不做多想地說：「妳一個學生，哪有那麼多錢，妳買我買都一樣，就聽我的。」

周喬欲言又止，但看陸悍驍一臉認真，把話咽了下去。

陸悍驍見她臉色猶豫，以為是擔心徐晨君的不友好，兀自故作輕鬆地說：「我媽這次特別乖，我一說，妳明天回去探望她，她還挺高興。神奇，動個手術就跟轉了性似的。」

周喬抬起頭。

陸悍驍彷彿覺得兩人之間最大的難題即將迎刃而解，特別高興，「這老寶貝總算開竅了。明天我先去，妳下午五點過來，放心，有我在，這次一定婆媳相認。」

周喬覺得，一切是不是來得太順利了？

「乖，別多想，我先去洗澡。」陸悍驍揉了揉她的頭髮，吹著口哨進了浴室。

浴室門剛關上。周喬的手機響，是一則新訊息。

她打開一看，來自徐晨君。

而看完這篇幅不算短的訊息內容後，周喬耳朵裡嗡嗡作響，半天都沒安靜下來。

第二天，陸悍驍出門上班前還叮囑她，「寶貝，記得時間，別忘拿東西。」

周喬好像聽見，又好像沒聽見。

陸悍驍用手在她面前晃了晃，「發什麼呆呢？」

周喬抬眼看他，但這眼神，根本不像走神。冷冽而遲疑，似乎在說，我不想去了。

陸悍驍耐著性子，雙手搭上她的肩膀，低聲哄勸，「好喬喬。」

周喬抿了抿唇，看著他含情期盼的眼神，心就這麼軟下來。

她點點頭，綿著聲音說：「嗯，會準時的。」

陸悍驍瞬間笑容大開，摟著她開心出門，「走，送老婆上學去。」

今天李教授出差，落了個清閒。

齊果她們已經約好下午去吃火鍋，「周喬，妳也一起唄。」

周喬說：「不了，我等等就走，有點事情。」

齊果眨眼，「跟妳男朋友約會呀？」

細想一下，也的確算約會。周喬沒藏掖著，「嗯」了一聲。

「呀呀呀，羨慕死了。」齊果雙手合十，星星眼，「妳男朋友好帥哦。」

周喬一想到陸悍驍，心裡的甜還是壓倒了一切，她不客氣地表示，「是還不錯。」

「瞧把妳得意的。」齊果嘿嘿笑，「雖然年紀長妳幾歲，但是大一點，會疼人。比我們同齡的成熟多了。」

最後半句話，周喬持保留意見。但和齊果聊了聊，她心情開闊些許。

也罷，反正喜歡他，刀山火海，闖一闖也無所謂了。

周喬看了看時間，然後關電腦，悄聲說：「我先走了。」

「快去。」齊果拍拍她的腰，「約會愉快喲。」

周喬揹好包，剛走出校門，有電話進來。她以為是陸悍驍的，拿出一看，號碼歸屬地：遙省。

她老家。

周喬一看是串市內電話，心就往下沉了三分。她慢下腳步，深吸一口氣。

「喂，你好。」

那頭聲音四平八穩。

『你好，是周喬嗎？我是其東派出所的辦案人員。請問，妳認識金小玉嗎？』

市一醫院。

半小時前，陸悍驍就一直看手錶。

徐晨君面色尚好，坐在病床上，勸道：「算了吧，周喬可能是有事，沒辦法過來。」

陸悍驍還是好顏好語，「別急啊媽，您就怎麼想看到兒媳婦啊？等著，快到了。」

徐晨君「呵」一聲，「你電話都打了好幾個，不是有事，為什麼不接你電話啊？」

這話戳到了陸悍驍心坎，他臉色當即沉了下去。

徐晨君十指相交，端正地放著，嘆了口氣，說：「不用勉強的，是媽媽太嚴厲了，一般孩子都不會喜歡，周喬不喜歡我，也是可以理解的。」

陸悍驍聽了，眉頭皺得更深。

徐晨君眼色波瀾不驚，輕輕一挑，「算了吧、算了吧，反正我明天就出院，不來看我，沒關係的。」

陸悍驍不著一詞，拿著手機拉開病房門，還在不斷打周喬的電話。

他焦慮心急，同時也滿心惱火。

一遍又一遍短嘟聲之後。

終於接了。

那邊似有很大的風聲，周喬的呼吸聲很急。但這些細節，都被心裡的急火忽略，不等她開口，陸悍驍劈頭蓋臉地說起話來。

『電話忙線、忙線！妳是不是又把我拉黑了！周喬，妳要是不想來，昨天就別答應我啊！我媽都願意讓一步了，妳就不能配合一點嗎？在這件事情上，從頭到尾，只有我一個人在著急和努力！這些都沒關係，但妳今天的做法實在是過分了。妳有事，沒關係，打個電話提前告訴我，妳不想來，ＯＫ，昨晚妳可以說明白，我陸悍驍什麼時候給勉強過妳？』

他的怨氣和不解，直捷了當地從電話裡喧囂而來。

周喬捂著嘴，眼淚無聲地往下墜。

她一路飛跑，從的計程車裡到高鐵站，一直在和老家那邊的派出所打電話瞭解情況。好不容易買到最後一趟回去的高鐵，坐到位子上，才覺得渾身虛脫。

陸悍驍不給她解釋的機會，憤懣難平地掛斷了電話。

周喬望著黑漆漆的螢幕，最後百分之五的電用完，手機自動關了機。

列車廣播女聲甜美：「歡迎各位乘坐 G2345 次高鐵，列車由上海開往其東……」

到其東已經是晚上八點半。

周喬空手寥寥，出站後搭車趕去派出所。

她到的時候，金小玉還待在調解室裡，對面坐著幾個生面孔。

「媽。」周喬由員警帶路，她一出現，金小玉還沒說話，對面那幾個人先嚷了起來。

「妳就是她女兒？行啊，那我們又可以上桌子談了。」

金小玉：「我呸！」

「呸誰呢！」

員警用資料本往桌上用力敲了敲，「都安靜點，還沒吵夠呢？」

周喬已經瞭解了事情始末，她走到金小玉跟前，無奈極了：「媽，怎麼會鬧成這樣？」

金小玉一聽她質疑的語氣，心裡的火蹭蹭往上冒，「叫妳回來不是來指責我的。那個不要臉的有什麼好得意的。」

周喬試圖去拉金小玉的手，讓她情緒平復一些，「妳和爸爸都已經到這個程度了，再要狠又有什麼用？那女的都快生了，妳把人推到地上，要是鬧出人命，媽，值得嗎？」

金小玉憋火難忍，氣衝衝地反駁，「是她自己摔地上的，我只是扯一下她的衣袖，什麼人家養什麼樣的女兒，看看他們一家子的嘴臉，市井小人。」

聲音不算小，被那邊聽到了，人家拿著主動權，就不怕把事情鬧大，其中一個身材魁梧的男性拍著桌子就要上前。

「妳說誰市井小人！啊？」

金小玉冷哼一聲，「鄉下土鼈。」

眼見著場面又要失控，值班員警已經很不耐煩，吼道，「再吵，通通扣起來！」

「對不起。」周喬連聲向員警道歉，然後站在金小玉身前，理智地問那家人：「是我媽媽先扯她，我們不對在先。我們明天會去向她親自道歉。」

「道歉有什麼用，人都進醫院了，一屍兩命妳們負責得起嗎？」

周喬沉了沉氣，有理有據道：「如果她身體受傷，是我媽媽的直接責任，我們絕對不逃避。」

那家人氣勢洶洶：「就是妳媽媽的錯，這還有疑問？」

周喬：「現場有監視器嗎？有第三人在場作證嗎？」

員警說：「暫時沒有協力廠商證據。」

周喬點點頭，「那我們可以申請傷情鑒定。等鑒定結果出來，該怎麼辦，就怎麼辦。」

「哎嘿？妳這小女生套路還挺多啊。」那家人語氣依舊堅硬，但言辭裡有了閃爍。

「不是套路，是按法律辦事。」周喬面沉似水，「你們也有義務配合。」

那幾個人面面相覷，拿不定主意。之前拍桌子的男人走到外面，看樣子是在打電話。十分鐘後，他走回來，嫌惡地埋怨幾句：「這次算妳們走運，幸好我妹妹沒出事。」

周喬聽了前半句，一顆心落了地。

他們這是同意私下調解了。

雞飛狗跳的一個晚上，從派出所出來，金小玉落寞地走在前面。周喬追上她，喉嚨發酸，一時間也不知道該說什麼。

小城市的夜晚，風輕雲淡，喧囂早早褪去，母女兩人無聲地走了一段路，金小玉突然蹲在地上，抱著膝蓋掩面痛哭，嘴裡還在念念有詞。

周喬也蹲下來，近了才聽清，媽媽說的是：我不甘心。

「要不是我向娘家開口，借了資金給他創業，他周正安能有今天嗎？有點臭錢就翻臉不認人，還說什麼真心相愛。當初，他和我也是這樣說的啊。」

金小玉悲泣抽聲，全無平日的潑爽瀟灑，她活了半輩子，身為一個女人，到頭來，是這樣一個不體面的收尾。

周喬亦難過，摟住她的肩膀。

「喬喬，妳別學媽媽識人不清。」金小玉止了眼淚，呵聲自嘲，「當初看中妳爸爸長得高大好看，嘴皮子特別會哄人，哄著逗著笑著，就忘記他骨子裡的劣根。」

周喬靜靜地聽著。

「彼此的家庭、性格、交際圈，但凡有點差距——」金小玉似自省，又似告誡，她轉過頭看著周喬，眼底一片看淡和冷漠，「吃虧的都是女人。」

「談戀愛的時候沒有察覺，結婚一年、兩年、五年，也不覺得有什麼，但過日子，除了過一天少一天，矛盾也是過一天，就積累得多一點。總有一天會爆發。」

金小玉搖頭嘆氣，「那時候，男人照樣風流瀟灑，女人只剩年老色衰，鬥輸鬥贏，永遠被人戳著脊樑骨指指點點。」

周喬剛開始，還覺得周身的血液都在往上翻湧，但聽到最後，她心底冷靜如一片冰湖。

她斂了斂神，扶起金小玉，「媽，先回去休息吧。」

金小玉和周正安在昨天正式離了婚，如同宮心計一般的過程之後，財產幾乎是對半分，金小玉多分了一輛二十多萬的車。

從價值劃分上來說，她是贏了。但全然沒有爽冽的感覺。看著那輛黑色的大眾車，停在她住處樓下，彷彿滿車身都刻著對她婚姻的嘲笑。

金小玉住的地方是當地一處高檔社區，十六樓。

鑰匙剛從包裡拿出，叮叮鈴地作響，門卻「呀嗟」一聲，從裡面開了。

「玉姐，妳回來啦！」一張年輕的男性面孔，笑臉相迎，語氣討好。

周喬愣在原地。

金小玉也駭然，完全沒意料到這種情況。她迅速反應過來，走上前把人推進玄關，壓低聲音斥責，「你怎麼過來了？」

那大學生模樣的男生委屈道：「玉姐，不是說好了週末都到妳這嗎？」

「行了行了，快點走。」金小玉拉開包，數著錢，「店裡上新了，拿去買幾件喜歡的衣服。」

一個歡天喜地，一個憂心回頭。

但門口空空，周喬不見了。

夏夜蟬鳴，這裡不像大城市，燈紅酒綠能夠照亮半邊天。

周喬沿著林春路走大道，雙手環抱著自己，心如止水地看馬路上的車來車往。

在這種複雜家庭長大，多年早已耳濡目染，所以她情緒尚能自控。

所謂的羞恥和憤怒，早已在青春成長裡消化澈底。

說起來，她考上全國數一數二的大學研究生，金榜題名也算衣錦還鄉。

但竟然沒有一個落腳的地方。

想到這裡，周喬低頭笑出了聲。

笑著笑著，眼睛就模糊了，地板上暈開一顆顆水漬，像天上的星星墜地。

周喬深吸一口氣，抹了把眼淚，伸手攔計程車。

她出來得急，連手機充電器都沒帶。零錢包裡有五百多塊錢，除了來時的高鐵票錢，剩下的，只夠買一張返程票了。周喬沒什麼選擇，讓司機去高鐵站。

在那過一晚吧。

而三百多公里外的另一邊。

陳清禾已經快被陸悍驍弄瘋了，裡裡外外跑了一個晚上，剛坐車裡拿了瓶水，幾公尺遠的陸悍驍跟千里眼似的，指著他就罵，「你他媽坐個屁啊，起來去找人啊！」

陳清禾瓶蓋都沒擰開，哭喪著臉，「坐下來還沒五秒鐘，大哥，你讓我休息一下行不行？」

陸悍驍已經走近，臉色冒火，一腳踢到他車門上。

「碰！」車門凹了一個洞。

陳清禾被動靜弄得往後一彈，皺眉跳下車，「哪有你這樣自虐的，腳非廢了不可。」

陸悍驍摸出菸，煩躁地點火，一下兩下沒燃，他把打火機往地上一摔，「靠！」

「行了行了，」陳清禾把菸從他嘴里弄下來，「這一包菸不到一小時就見底了，你淡定點好嗎？賀燃那邊也叫了人去找，東南西北都有人，這城市都被你翻遍了。急什麼，總會找到的。」

陸悍驍的太陽穴突突直跳，抬手看了看錶，心跳失重似地往下蹦躂。

他想要碾碎牙齒一般，「凌晨兩點還不給我回家，手機也關機，她想幹什麼？她想幹什麼啊！」

陳清禾：「吵架嘛，女生面子薄，再說了，你怎麼能那樣跟她說話呢？」

陸悍驍：「我說錯了嗎？那麼長時間給她考慮，她不想來，吱一聲，我絕對不勉強。」

陳清禾嘆氣，「行行行，就算你有理，那又怎樣？你看，現在女朋友不見了吧。」

陸悍驍眼角微跳，兩頰收緊，「胡鬧！」

「如果她就要鬧呢？你跟她分手嗎？」陳清禾刺激道。

陸悍驍當即撂話，「死都別想！」

「那不就得了，你又何必發脾氣呢？憤怒的狀態下，說出來的話最傷人。」陳清禾心似明鏡，「周喬是個好女孩，絕不是搞事情的人。說實話，我覺得她跟了你，挺鬧心的。」

陸悍驍一記冷眸，警告地瞥向陳清禾。

陳清禾吊兒郎當呵聲一笑，瞪回去，「你就在這亂來，自己想想，我哪句話不在理？人家認真讀書考試，你去招惹，答應你了呢，你們家又一堆破事。還有啊，你這性格不是我說，跟寵壞的孩子似的，要跟我一樣，扔部隊魔鬼訓練個三五年，看能不能好一點。」

陸悍驍的肩膀陡然垮了，往地上一蹲。

陳清禾低眼瞧他，「怎麼了？」

陸悍驍捂著肚子，喉嚨酸澀，「胃疼。」

「活該。」陳清禾用腳尖踢了踢他屁股，「她同學老師你都問過了？」

陸悍驍悶聲，「就那麼幾個，她人生地不熟，在這裡沒什麼朋友。」

陳清禾想了想，「我找人幫你查她的通話記錄吧。」

就像一根救命稻草，陸悍驍眼睛一閃，「快嗎？」

陳清禾已經在撥電話了，「快個屁啊，也不看看幾點了，凌晨的，陪你一起發瘋。欸！你去哪裡啊？」

陸悍驍已經坐上車，還能去哪，找人唄。

一晚上時間，他圍著城市開了一個圈，手機擱在儀錶板上，一有動靜，心臟就跳得老高。天色魚白的時候，陸悍驍把車停在路邊，看著窗外晝色漸亮，打掃工人也開始清掃路面。他下意識地伸手摸菸，一條菸什麼都沒剩。

陸悍驍雙眼赤紅，兩手狠狠砸向方向盤。關節的疼痛抵不住麻木的心。

陸悍驍趴了上去，狠狠地想，這女人，就他媽是天生來克他的！

一番怒火滔天的碾壓後，空虛和不安瞬間席捲大腦。陸悍驍往椅背上一靠，猛地變換姿勢，導致他血液直沖，頭疼得厲害。

後來陳清禾打電話過來，陸悍驍瞬間接聽，「人找到了？」

『呃，沒。』陳清禾勸道，『她教授說，她沒請假，今天十點有一個測試，如果只是鬧情緒躲著不見你，周喬肯定還是會去參加考試的。學校那邊我安排了人，見到她就打電話。』

陸悍驍沒吭聲。

『驍兒，你這狀態就別開車，說地址，我過去接你，你回去休息一下。』

一小時後，陳清禾把陸悍驍送回了公寓。

陸悍驍精神狀態確實頹靡，一身皺巴巴的衣服，看起來老了三五歲。陳清禾走前，陸悍驍再三囑咐，「有消息馬上告訴我。」

拖著疲憊身軀，陸悍驍按密碼開門，「滴」的一聲，他推門而進，在玄關處換了鞋，走到客廳卻一愣。

周喬正從臥室出來。

兩個人面對面站著，眼神不讓，誰都沒說話。但不可否認的是，看到她活生生站在面前的這一刻，陸悍驍覺得渾身的血液都起死回生了。

周喬看著他，然後緩緩移開目光，拿著背包要走。

擦肩的時候，陸悍驍終於忍不住了，「妳昨晚去哪裡了？」

周喬清清淡淡的一個字，「家。」

以為是她的租屋處，陸悍驍火大地拽住她的手臂，「妳關機一個晚上很好玩是不是？我他媽在外面跑了一夜。」

周喬被他扯得踉蹌了幾步，但神色依舊平靜，她如實解釋：「我手機沒電了。」

「沒電？呵。」陸悍驍覺得這個理由簡直奇葩，他不明真相，所以自以為還站在有理的那一方。

深吸一口氣，他強行讓自己鎮定下來。

「好，是我的錯，我不該在電話裡語氣那麼凶。」陸悍驍秉著大事化小的原則，不想，也不忍再和周喬有爭吵。

「以後我會改正，但我也希望妳，不管什麼決定，都能提前跟我說。」陸悍驍沉聲靜氣，把打碎的牙齒自己和血吞了一般，他陡然洩氣，似苦似求，「妳要保證，以後不要不接我電話。」

沉默許久的周喬，只應了一個字，「好。」

她要走人，陸悍驍好不容易冷下去的情緒，被她不痛不癢的態度再次激怒。

「周喬、周喬！」陸悍驍這一次直接把人半拖半拖，抵在牆壁上。那紅透的眼眶也不知是熬夜熬的，還是怒氣激的。

「妳跟我多說一個字不行嗎？妳難道就對我無話可說了嗎？啊？」

「說什麼？」周喬直直盯著他，「你要我怎麼說？說我家裡出事了，我打電話給你，你卻怪我沒去看你媽媽。說我手機沒電了，身上的錢只夠買兩張車票。」

陸悍驍怔然，搭在她身上的手漸漸鬆了力氣。

周喬咬著下唇，低頭的時候，忍了一個晚上的眼淚流了下來。

「陸哥，我爸媽離婚了。」

後來，周喬推開他，頭也不回地出了門。

陸悍驍在原地愣了好久，才晃著身體追了出去，周喬在前面走，他就開著車子跟後頭。

陸悍驍覺得自己要死了，一團麻繩在腦子裡繞啊繞的，繞成死結。有愧疚，有心疼，有懊惱，所有情緒混在一起，都成了小心翼翼。

陸悍驍喊了周喬兩聲，周喬不理。他只敢開車跟著，始終保持兩公尺的距離，直到她進了學校。

陸悍驍坐在車裡，十指相扣抵著額頭。

這時，手機提示有新訊息，是陳清禾傳來的。

幾張圖片，是周喬昨天的通話記錄。

其實已經不需要了，陸悍驍隨意點開兩張，粗粗一瞥，看到昨天下午來自其東派出所的電話記錄時，他心裡的負罪感更加深重。

第三張圖片是周喬的訊息記錄，陸悍驍本沒放心上，一眼而過，卻看到一個熟悉的號碼——徐晨君的。

陸悍驍把圖片放大，看清了訊息的每一個字。

『周喬妳好，我是伯母。聽悍驍說，妳下午會來探望我，十分感謝妳的好心，但我覺得，我們兩個沒有見面的必要。我很愛我的兒子，我們母子相處向來愉悅和平，希望妳做一個懂事的孩子，不要讓悍驍因為妳，而讓這個家庭產生從未有過的矛盾。』

陸悍驍差點把手機螢幕擰碎。他把方向盤打死，輪胎摩擦地面捲起飛塵陣陣，車調頭直奔反方向而去。

「徐總，這是薪資審核表，還有福利獎金全部落實到位。」安靜素雅的辦公室裡，徐晨君邊簽名邊聽祕書彙報。

突然門口傳來動靜，「陸總，我先去通傳。」門被重力推開，陸悍驍夾風攜雨地闖了進來。

徐晨君的助理面露難色，「抱歉徐總，我……」

「你先出去吧。」徐晨君把文件闔上，直到門關緊，她笑著招呼陸悍驍，「呀，今天是來陪媽媽喝早茶的？」

陸悍驍兩手往她辦公桌上一摀，「媽，我一直以為您是一位雖然偶有迂腐嚴厲，但無傷大雅還算通情理的長輩。」

徐晨君臉色一變，「你怎麼跟媽媽說話的？」

陸悍驍森冷的目光掠過桌面，逼視著她，「您對周喬做過什麼，您自己心裡有數。」

徐晨君眉心微蹙，然後眼神變得尖刻，嘴角彎著，「喲，她按捺不住跟你告狀了？她媽媽金小玉從小就是個惹禍精，當著一面背著一套，嗯，不奇怪。」

陸悍驍擱在桌面上的雙手悄無聲息地握成了拳頭。

徐晨君端起花茶，吹涼它，然後慢條斯理地喝了一口。

「說說吧，都告了哪些狀？是刁難她在牌桌上跑腿買蛋糕，還是不收她的絲巾禮物啊？」

陸悍驍皺了皺眉。他把徐晨君的話代入聯想，所有細節就跟電線聯通了開關一樣，蹭蹭蹭地亮起來。

陸悍驍的所有怨氣和憤怒，瞬間化成一汪死水。他不再多發脾氣，甚至一個字也吝嗇出口，就這麼轉身離開。

反而是徐晨君慌了，「悍驍、陸悍驍。」

背影堅決又漠然。

徐晨君起身，繞過桌子追上前，「兒子！」

陸悍驍一腳踹向她的辦公室大門，吼道：「別再跟著我！」

重響張牙舞爪地散播開來，外頭的員工一個個閉聲埋頭，不敢有動作。

周喬上午考試完之後，就向李教授請了半天假，說身體不適。

李教授昨晚被陸悍驍的電話轟炸了一宿，不明細節，但也知道兩人吵架了，於是批准了她的假。

周喬回自己的租屋處，洗了個澡就蒙頭大睡，這一覺跟海上飄似的，迷迷糊糊睜開眼，天色已經完全黑下來。

周喬滑開手機一看，已經快九點了，還有幾則訊息，都是齊果他們傳的。列表裡，陸悍驍那個帶刀侍衛的頭貼安安靜靜地排在第一位。是他搶了她的手機設定了置頂。

周喬分了神，左右甩了甩頭，然後起床換衣服準備下樓吃個晚飯。從昨天下午起，她就沒好好吃過一頓飯。她睡眼惺忪，腦子昏沉，拉開門，被一團龐然大物驚得往後一退，

「欸！」

低頭看清了，竟然是坐在地上的陸悍驍。

周喬沒想到他會來，一時沉默。陸悍驍撐著膝蓋借力站起身，看樣子是坐在地上很久了。他頭髮軟趴趴地垂著，不似以前意氣風發的髮型，身上的衣服還是早上那一套，經過白天的蹂躪，此刻更加皺。

周喬已經得出結論，他這一天都沒有回家休息過。

陸悍驍已經適應了手腳的麻木感，此刻背脊挺直，站得端端正正。

兩個人面對面，一高一低，周喬垂眸，「你……」

身體卻突然一緊，人被重重拉進了他的懷裡。

陸悍驍長臂圈著她，死死地扣住，臉埋在她脖頸間，嘴唇張動的時候，脖上的皮膚微癢。

周喬放棄了掙扎，因為聽清了，他說的是：「對不起。」

陸悍驍跟失了語的機器一樣，一遍遍重複這三個字。

周喬咽了咽發澀的喉嚨，艱難地開口：「陸哥，我們……」

話還沒說完，陸悍驍就用手心捂住了她的嘴，用比她更抖的聲音，配合著早就通紅的眼眶，說：「我們一定不能分手。」

周喬被他抱著，渾身的重量交在他身上。

陸悍驍悶聲道：「我都知道了。我媽媽對妳不好。」

周喬沒吭聲。

「她做得太過分了，真的太過分了。」陸悍驍一下一下撫摸她的背，身體也急於向她壓近，似是想得到一點回應。

但周喬溫溫淡淡，不掙扎，也不給予熱情，這讓陸悍驍全然沒把握。

「妳是想出門嗎？想去哪裡？我陪妳一起去。」陸悍驍生怕冷場，不遺餘力地找話題。

周喬終於忍不住把手挪到他肩膀上，指甲摳進去。

陸悍驍被她的舉動弄得欣喜，結果周喬卻說：「你先放開我，我、我順不過氣了。」

「……」陸悍驍心不甘情不願地鬆了鬆手，周喬推著他，自己也往後退了兩步。

她說：「我要下去吃點東西，一起嗎？」

「一起、一起。」陸悍驍連忙點頭，不由分說地牽起她的手，討好般地殷勤，「妳想吃什麼？烤生蠔好不好？就上次我們去過的那家，妳說好吃的餐廳。」

「很晚了，不用了。」周喬興致不高，「就在樓下隨便吃點吧。」

這邊離學校近，所以周圍小吃店挺多，周喬挑了家乾淨點的，叫了盤蛋炒飯和一杯飲料。

她問陸悍驍：「你吃什麼？」

「我吃妳的。」他語氣執意，意圖也明顯，但可惜周喬並不上勾，只是點了點頭，又叫了一份一模一樣的。

陸悍驍陡然洩氣，蛋炒飯擺在面前了，他反而一動也不動了。

周喬埋頭吃得很香，也不顧他把勺子擱桌上故意弄出的聲響。

陸悍驍食之無味，偏過頭，又把頭正回來，終於忍不住地說：「周喬。」

「嗯？」她抬起頭，一勺飯往嘴裡送。

陸悍驍抿緊唇，有點委屈，「妳在冷我。」

周喬嚼著飯粒，眼神不躲不閃和他對視，半晌，她說：「我沒有。」

「當我看不出來嗎？」陸悍驍身體前傾，倒豆子似地列舉她的不對勁，「妳只顧吃妳的，妳不跟我說話，妳……」

「我有幫你點餐啊，你問的問題，我也都有回答呀。」周喬打斷他，聲音平而淡，她想了想，用比方才更冷靜的聲音陳述，「可總是哄一個人，也會很累啊。」

陸悍驍的心跟上了霜的秋天一樣。

他的手越過桌面，下意識地想去握周喬的手，也不知是有意無意，周喬捧起杯子往椅背一靠，自然躲過。

大事不妙的感覺在陸悍驍心裡大刀闊斧一般地亂劈。

他恐慌地哀嘆，妳不願意了嗎？

這股恐慌自動演變成怒氣騰騰，他硬邦邦地脫口而問：「妳是不是後悔了？」

周喬抿著吸管，飲料是冰的，涼意一點點在口腔蔓延。她本能地回答：「從不後悔。」

陸悍驍目光收回，不斷點頭，「好，好。」然後也不再多言，起身拿起車鑰匙就走，「就沖妳這句話，我一定給妳一個交待。」

周喬放下杯子，快步追上去，「你要去幹什麼？」

「累了，回家睡覺。」

他步伐大，周喬追得有點吃力，「陸悍驍！」把人叫停了。

陸悍驍側過頭，看著她笑了笑，「在一起這麼久，每一次只有當妳非常生氣的時候，才會喊我的全名。小騙子，妳明明就……」

妳明明就後悔了。

這句話，陸悍驍不忍心說。

周喬放緩語氣，「這麼晚了，你先冷靜一點行不行？」

「沒什麼不冷靜的，我只是回去睡個覺。」陸悍驍拂開她的手，然後頭也不回，「老闆，買單！」

周喬看著他上車開車，車身一轉，消失在街角。

陸悍驍雖然衝動直接，看起來不著調，但察言觀色的功力一等一，但凡有點不對勁的地方，他總能敏感捕捉。周喬在想，自己真的後悔了嗎？他那高高在上不好相處的母親大人，從政從商優秀的家世底細。光是第一點，周喬就已經嚐到了厲害滋味。

她慢走在回家的路上，看著路燈束束光影裡，蟲身亂飛，像極了飛蛾撲火。

城市另一邊，陸家。

難得的徐晨君也在，一家人吃過晚飯，閒聊嘮叨後正準備休息。

陸悍驍動靜頗大地開門而入，「碰」的一聲，木門彈在牆壁上。聲音引得眾人側目，陸老爺子一看，不滿皺眉，「還以為敵軍進村了，你就不能清靜點？」

陸悍驍陰沉著臉，不發一語地走到客廳。

徐晨君若無其事地坐在沙發上，陸老太太起身，「悍驍啊，怎麼這時候過來了？過來就別走了，今晚睡老宅吧，齊阿姨，煮點吃的給悍驍。」

「不用了。」陸悍驍打斷，走到徐晨君面前。

母子倆一個坐著，一個站著，陸悍驍目光筆直垂在她身上，沉了沉氣，開口道：「媽，我覺得我們有必要好好談談。」

徐晨君仰起下巴，對視了一下，語氣乾脆，「好啊，談工作還是談生活？或者聊聊天氣，哦對了，我幫你爺爺奶奶訂了個旅遊團，下個月去哈爾濱怎麼樣？」

陸悍驍：「談周喬。」

徐晨君勾了勾嘴角，「不談。」

氣氛瞬間僵硬。

陸悍驍抬起右手，把手上的車鑰匙往旁邊的桌子上敲，聲音跟重錘一樣，一個字比一個字大聲，「我說，談周喬！」

徐晨君手拍向沙發扶手，淩厲起身，「我不會接受這個女孩子！」

「好，那我也把話撂這了，」陸悍驍把鑰匙一丟，毫不示弱地和母親對視，「這個女人，我娶定了！」

徐晨君冷聲一笑，「看看你現在的態度。」

「我一直尊重您，但現在，您對周喬是什麼態度，我就是什麼態度。」

「陸悍驍！」聲如洪鐘，是陸老爺子憤怒地喝斥。

「哎呦、哎呦，」陸奶奶焦急地起身，這邊推搡著老伴，那邊又去攔陸悍驍，「少說兩句，少說兩句。」

「看看金小玉和周正安，離個婚可以說是驚天動地年度大事件啊。爸、媽，什麼樣的父母教出什麼樣的女兒。看看他現在——」徐晨君指著陸悍驍，「如果不是受唆使，怎麼會把家裡鬧得天翻地覆。」

陸老爺子重咳兩聲，踱步到陸悍驍面前，面色沉重斥責，「你以前雖然頑劣，但還算知輕重懂分寸，就事論事，不談外人，你如此無禮的態度，是該用來對長輩的嗎？」

陸悍驍被這些事攪得苦不堪言，怒極攻心之下，翻起臉來照樣不認人。

他點點頭，克制著自己，儘量用平靜謙卑的語氣向爺爺表立場，「爺爺，雖然你們不明說，但我知道，您也是和我媽一樣的看法。」

陸老爺子眉頭深鎖。

陸悍驍目光堅定，「但是——我對周喬的態度，永遠不會改變。」

「她媽媽是我們認的乾女兒，換個說法，周喬也算是你半個妹妹。」

陸老爺子旁敲側擊的遊說，卻惹得陸悍驍嗤聲一笑，「屁個妹妹！」

「會不會說話！」陸老爺被孫子的態度激怒。橫眉怒目動了真格。

陸奶奶急得左右不是，拖著陸悍驍的手，「孩子不要再說了，你爺爺身體不好啊。」

「妹妹是嗎？」陸悍驍輕輕拂開奶奶的手。

然後冷淡淡地瞥向所有人，「又要用這個理由大做文章了是嗎？好、好。」

他背脊挺直而立，往後退了兩步，負手環胸，吊兒郎當地笑著，然後雙臂攤開，字字清晰，「那我就從陸家搬出去，身家乾乾淨淨可以嗎？」

徐晨君大駭，「你知道你在說什麼嗎！」

陸奶奶差點蹶過去，「孩子，你糊塗了啊！」

「混帳東西！」陸老爺子揮起手，巴掌劈頭蓋臉地落了下來。

陸悍驍沒躲，硬生生地挨了這記皮肉打。「啪」的一聲，臉頰先青後紅，指印明顯。

他舌尖抵了抵槽牙，隱隱嚐到了血腥味。

這一巴掌打得他心甘情願。陸悍驍倔強地撐著，索性把話挑明，「今天我就是無賴混蛋了。你們的理由儘管拿出來阻攔，妳——」他看向徐晨君，「別給我扯什麼遺傳基因，比混蛋，我輸過誰啊？媽您要是再拿這個說事，信不信我下個月就讓妳當奶奶！」

「還有哥哥妹妹那一套說辭。」陸悍驍緩了緩聲音，對陸老爺子微低頭，「對不起爺爺，那我只有見招拆招了。」

都是聰明的老江湖，「斷絕關係」四個字他雖未挑明，但這番言論已經是把底都掏了出來了。

不要周喬，那你們也就沒有陸悍驍。

言盡於此，陸悍驍轉身就走。

任憑奶奶在後頭苦心喊勸，他沒有再回頭。

夜已深。陸悍驍上車後，扒下反光鏡，摸著自己的右臉照了照，「靠，老爺子還真下得了手。幸虧老子每天堅持喝杯奶，下盤力量扎實。」

陸悍驍煩心事一堆，左手撐著自己的帥臉，右手有下沒下地敲方向盤。

他沿著大路一直開，雖然漫無目的，但開到一半，神使鬼差地往熟悉的地方去。都快十二點了，周喬肯定睡了。

陸悍驍接近她的社區，看著熟悉的街景，還是忍不住開了進去。停在她住的大樓樓下，陸悍驍看到七樓果然沒亮燈。雖然證實了猜測，但心裡還是挺難受的。

陸悍驍解開安全帶，推門下車，然後狠狠踹了前輪一腳。

「臭周喬，壞周喬，這麼為我著想幹什麼？受委屈了告訴我啊！對我發脾氣、虐待我、鞭打我，來上我啊！」陸悍驍一腳接一腳，踹完前輪踹後輪，踹完左邊踹右邊，「臭周喬臭臭！」

他踢得那叫一個投入，以至於發現一公尺遠的前方站著一個人時，自己的腳還踩在輪胎皮上。

星月當頭，周喬手上提著一個購物袋，影子投在地上，悠悠地拉伸到了陸悍驍的車旁。

她微微蹙眉，眼神不解，看著他，問：「你罵我幹什麼？」

陸悍驍呆愣半天，喉結上下滾了個波，眨眨眼睛道：「沒、沒有。」

周喬一步步朝他走近，「你說我臭，還說我壞，又說我特別好，還要我虐待你。」

陸悍驍：「……」媽的，好羞恥。

走近了，周喬目光一沉，她看到了陸悍驍右臉上的印痕。

「嗷。」陸悍驍瞬間反應，一聲痛苦哀嚎，然後蹲在地上抱住頭，淒淒慘慘戚戚，「說出來妳可能不信，我剛在路上被外星人劫持了，他要搶我的錢包，我寧死不屈，因為皮夾裡有妳的照片，外星人問我要照片還是要臉。我說，當然不要臉！」

周喬把購物袋從左手換到右手，偏著頭，好整以暇地等他繼續。

陸悍驍蹲著，兩隻手掌捧著帥臉，像一朵花，「美女，妳不過來澆點水嗎？澆點水，我就能發芽了。」

周喬慢慢彎了嘴角。

陸悍驍再接再厲，咧牙笑，「種瓜得瓜，種豆得豆，種下陸悍驍得老公。」

周喬不理，轉過身的一瞬間，眉眼上揚，淺淺而笑。

陸悍驍：？？？

就這麼走了？

他忍不住大喊：「周老闆，種不種我啊？」

周喬走了幾步，停住，聲音飄遠入耳——「花盆在家裡，自己帶點土……上來吧。」

這一刻陸悍驍總算知道——喜極而泣是什麼感覺了。

陸悍驍跟著周喬上樓。

看得出他是真的如釋重負，面色雖有疲倦，但掩不住好心情。

「妳還餓不餓啊？剛才一盤蛋炒飯不夠的吧？」

「吃不吃水果，我去買水果好嗎？」

「妳願意帶我上來，一定是看中我是潛力種子吧？這年頭能結出老公的種子已經不多了。」

周喬笑笑，都是一兩個字的簡短回答。不過陸悍驍已經很知足了。

周喬拿鑰匙開了門，側過身子，「進來吧。」

剛踏進玄關，門還沒關好，陸悍驍就從背後將人抱住，一路抱著往前走，一個接一個的吻迫不及待地落在周喬的脖頸和臉頰。陸悍驍心跳得格外厲害，周喬沒有抵抗，溫順得有點不同尋常。

他想幹什麼，都配合，毫無保留地承受他的親吻。

陸悍驍用較之以往更大的熱情，討好似的給予她最大的快樂。周喬微閉眼睛，直到他的手慢慢滑上去，在衣服上煽風點火不甘休，周喬終於忍不住地皺了皺眉。

陸悍驍更加蠢動了。

他壓著周喬，在耳朵邊小聲問：「今天晚上我不走了行嗎？」不等她回答，他自己做決定，「我不走了。」

周喬的身體雖未抵抗，但也實在算不上是熱情主動。陸悍驍急於求證，拉著她的手搭向自己的腰，「喬喬妳摸我，我是不是出汗了？」

周喬的手指頭是涼軟的，摸著他的腰窩，「我去開冷氣吧。」

陸悍驍打橫抱起她，往臥室裡走，「行，不然做起來會熱。」

周喬被他扔到床上，陸悍驍隨即覆了上來，他的身上有一夜未散的菸草味，周喬鼻子抵著他的肩膀，感覺到自己被分開又闔上。

陸悍驍猛地抬起頭，「不行，要去洗個澡，我太髒了。」

周喬朝他彎了彎嘴，「去吧。」

身體卻一空，陸悍驍又把人抱了起來，「妳也不香，一起。」

後來的發生順理成章，水聲淅瀝，很好地遮蓋住浴室裡的動情叫吟。

陸悍驍今天跟杠上了一樣，只要周喬聲音小下去，他就用更大的力氣和花樣讓她欲罷不能。

不知道死去活來第幾次，陸悍驍終於偃旗息鼓。

他趴在周喬胸口，手還環住她的腰，食指輕輕地摳著。

「我們這算和好了嗎？」陸悍驍問。

「嗯？」周喬低頭，目光垂向他的頭髮。

「我不管，我們就是和好了。」

周喬扯了扯嘴角，捻起他一撮頭髮，在指間細細膩膩地搓著。

「陸哥。」

「嗯？」

「我想跟你說件事。」周喬平靜道：「學校每年暑假定期有專案可供實習，主要是去企業參與實際工作，今年的還不錯，側重精算，是我的弱項。」

她每說一個字，陸悍驍渾身就緊繃一分。

「今年在美國，七月和八月兩個月時間，我報了名。」

而當最後這句話說出，陸悍驍覺得自己被周喬毫不留情地丟進了一個大冰窟窿，咕嚕咕嚕地往裡頭灌冰水砸冰塊。

周喬不是商量，而是告知。陸悍驍意識到這一點，起先是憤怒感洶洶而來，但很快，他告誡自己要冷靜，不要爭吵，於是和著血吞落牙，硬生生地讓自己閉了嘴。

「嘶！」周喬一聲痛叫。陸悍驍借著姿勢方便，不留情地咬了她的胸口。

他站起身，不著一語地擦身體，穿衣服，然後赤著下身走出浴室找褲子。

周喬披著浴巾跟了出來，陸悍驍背對著她。

「好啊，妳想去就去，我沒意見。」他聲音不急不緩，壓著一股氣。

陸悍驍把長褲提上臀部，轉過身，邊繫皮帶邊看她，「反正妳已經決定了不是嗎？公司還有點事，我先走了。」

擦身而過的時候，陸悍驍說：「晚上鎖好門，早點睡。」

周喬：「這麼晚了，你開車不安全，要不然別……」

陸悍驍：「妳還是讓我走吧，我留下來，不安全的就是妳。」

他的手機號碼已經撥了出去，那頭接了。陸悍驍沒什麼耐心地撂話，「老地方。」

周喬忍不住，「你昨晚就沒睡過覺，還要去哪？」

回答她的只有關門聲。

一小時後，周喬收到一則訊息，陳清禾傳來的。

內容是三張照片，陸悍驍裸著上身，滿身大汗在打拳擊。哪怕只是靜態照片，凌厲感也彷彿撲面而來，『我靠，妳男人瘋了。』

周喬把頭埋在枕頭裡，手機拽在掌心中發了熱。

她用理智把事情前前後後串了個遍，陸悍驍的執著和他家庭的反對，是兩個對立面，周喬畏懼他母親的刁難，也不捨這個男人的真心。她在短時間內立身夾縫之間，卻做不出最乾脆的決定。這種矛盾情緒使然，周喬覺得自己快要被拉成兩截。

再後來，她靈光一現，想到即將到來的暑假機會。或者，只要她暫時抽身，整個局面會變得冷靜而重塑，或者給大家多一點時間，陸媽媽也能想明白，至少不會這樣激烈。

或者，時間真的是萬能的。

周喬意識到這一點，就像是抱住了一塊救命浮木。

她瞬間清醒，拿起手機傳了一則長而真摯的訊息給陸悍驍。把她的想法攤了牌，並且用詞斟酌小心翼翼。傳過去後，她盯著聊天欄屏息期待。

周喬看到對方的狀態，好幾次都是「正在輸入」，但過了幾秒，又變成一潭死水。反覆周折，周喬盯著盯著，就睡著了。

第二天醒來，螢幕上躺著一則很簡短的訊息。

陸悍驍：『妳打了那麼多字，老子只看懂了一個意思，妳不想和我共同面對。』

周喬把這則訊息來回看了三遍，每看一遍，就跟匕首往胸口推深了幾分似的，刺得她血氣上湧，捂著嘴乾嘔了一聲。

她的手指在螢幕上迅速按了陸悍驍的電話，剛準備按下撥通鍵，有電話搶先打了過來。周喬沒剎住，秒速接聽。遲疑幾秒，「……陸奶奶？」

市一院。

高層的幹部病房不同於普通病房，每一樓層間數少一半，環境十分清靜。

周喬推門進去的時候，陸奶奶正閉眼安眠。

聽見動靜，老人家很快醒來，眯著雙眼道：「喬喬來了啊。」

「陸奶奶。」周喬輕步走到病床前，蹲下來，看著她還在打點滴的手，「您好點了嗎？」

「我都是半隻腳要踏進棺材的人了，好不好沒什麼實質意義囉。」陸奶奶用沒打針的那只手對她招了招，「來，再近點。」

周喬聽話，感受到乾燥的掌心在她的臉頰上悠悠撫著。

陸老太太唉的一聲嘆氣，「也是個苦命孩子，小玉不是個好媽媽、不是個好媽媽啊。」

周喬眼睛發酸，低下了頭。

「但妳真的特別懂事，不受影響不放棄，依舊把自己培養得這麼優秀。」陸老太太喟嘆，「我們悍驍啊，從小就頑皮，大了、有本事了，心事也兜不住了，發起脾氣來也不再分身分了。」

「喬喬。」陸老太太的右手從她的臉頰，移向了她的手背。用比方才更低的聲音無奈道：「昨天晚上，悍驍跟他媽媽大吵一架，連淨身出戶這種話都說出來了。」

周喬怔住。

陸老太太勉強笑了一下，指著上頭的點滴，「年輕時候，渾身有力氣，覺得幹什麼都能撐過去，後來啊，有兒有女有老伴，才發現人這一生，到頭來不就圖個團團圓圓嘛，那些過不去的坎，幾年之後回頭看看，也不過如此。」

陸老太太勉強的笑臉已經被憂愁替代，「悍驍張狂，管不住了。但是喬喬，妳還年輕，還在上學，未來那麼長，有的是大好人生。」

周喬喉嚨發苦，耳膜嗡嗡作響。陸奶奶這一波三折的講話方式，輕聲暖調，沒有半點戾氣，卻比任何人的話都叫她心驚膽戰。

周喬哽著聲音，「嗯。」

陸老太太渾濁的眼球有了濕意，「家和才能萬事興啊，不容易的，都不容易。」

周喬一句話都說不出，待了一下，就渾渾噩噩地離開了。

在路上，學校打來電話，是一個陌生號碼。

「喂，你好。」周喬強打精神。

『嗨，妳是周喬吧？我是齊果的朋友，她有幾張表格在我這。』是道男聲。

周喬早前提交了暑期實習的申請，應該是過了初選，齊果昨天在訊息上提到了此事，讓她今天過來填些資料，周喬是知道的。但今天李教授帶齊果臨時外出，所以拜託了他人。

那位學長在教學樓等她，表格資料填寫還挺費事，周喬第一次弄，很多地方不懂，好在學長是個陽光有耐心的男生，在他的幫助下，周喬順利填完了所有表格。她長吁一口氣，數了數頁數，「學長，今天真的謝謝你了。」

「不客氣，妳是齊果的學妹，她交待的，不敢怠慢。」學長遞上一個資料夾，「來，用這個裝好。」

過了一下，他欲言又止，不太好意思地問：「那個，齊果最近是不是特別忙啊？」

周喬很快明白過來，笑著說：「導師挺看重她，這段時間在幫一家公司做帳目分析的資料。」

林蔭道上，偶有車輛穿梭，這位學長也是個機靈人，直捷了當地打聽齊果的事情，「我和她高中在同一所學校，她在高中就挺有名的。」

周喬問：「是因為成績厲害嗎？」

學長說：「不僅成績第一，她還打架呢。」

後來，大部分時間都是學長在聊天，周喬安靜地聽著，偶爾配合地笑一笑。

這條路窄，雙向都有車通過的時候，兩個人難免會靠近一些。

周喬腳下不穩，踉蹌了一下，「哎！」

學長禮貌地扶住她手臂，「小心。」

周喬道謝，借著力氣直起身，抬頭的一瞬，卻愣住了。

幾公尺外的車旁，陸悍驍站在前面，一臉陰沉地死死盯住兩人還未鬆開的手。

學長不明所以，但隱隱覺得不對勁。

陸悍驍朝前走過來，他的臉色實在算不上友善。鑑於上次在租房時他打過人的不好回憶，周喬下意識把學長攔在身後。

這個動作看在陸悍驍眼裡，將他好不容易壓制下的火氣瞬間重燃起來。他聯想起前前後後，兩個晚上沒閉眼的疲倦無疑是火上澆油的催化劑，讓理智瞬間崩盤。

陸悍驍冷聲一笑，點著頭說：「挺好啊，郎才女貌年輕人，走在路上就是個風景。不過啊，」他對學長抬了抬下巴，「泡妞之前是不是也要打聽打聽她男人是誰。」

聽到他越說越離譜，周喬頭疼地趕緊打斷，但又顧忌這是學校，鬧起來不好看。於是，她向前一步，壓低聲音耐心哄勸，「學長只是幫我填表格，不是你想的那樣。有話我們換個地方說。」

一聽填表格，陸悍驍就想到她暑假要離開的決定，頓時火冒三丈，不顧一切地噴薄怒聲，「妳知道，我都知道，妳嫌我麻煩，嫌我家屁事多，不願意在我身上浪費時間。呵，滿校園的學長學弟，妳找哪個都比和我陸悍驍在一起快活是不是？」

周喬攔不住人，陸悍驍擼起衣袖，伸手拽住學長的衣領。學長措手不及，被勒得臉有痛色。陸悍驍下了猛勁，根本掰不開手。

側目圍觀的人越來越多，周喬駭然，「陸悍驍，你有完沒完啊！」

「我有完沒完？」陸悍驍鬆開了手，雙手擱在腰上，好笑地看著她，「對啊，我就沒完了，妳不是嫌我衝動嗎，我今天就衝動給妳看，怎麼，想甩手就走？周喬我把話也撂這了，妳上了我的床，就是老子的女人了，想走——沒門！」

周喬臉色蒼白，耳朵旁像是驚雷爆炸。她一句話都沒說，轉身留了個沉默的背影。

這種冷反應，倒讓陸悍驍虛了心。後知後覺的悔意絲絲上衝，盛怒之下才不管自己說的什麼混帳話。

他來不及思前想後，直覺地要去追周喬，「周喬！」

但她已經攔下一輛計程車，坐上去沒有半分留戀。

計程車在前面走，陸悍驍就在後面跟，他澈底冷靜下來，越想越覺得自己該死。他看著周喬回了租屋處，上電梯。

陸悍驍蹲守在她家門口，半小時後，終於按捺不住地敲門。十幾下之後，就在他不知所措的覺得沒戲的時候——「吱嗟」清響，門開了。

周喬一臉平靜，敞開的門縫像是一道明目張膽的傷痕。

陸悍驍心鬆了半刻，咽了咽喉嚨，小心翼翼地道歉，「對不起。」

周喬一直望著他，目光如水。聽到這三個字後，她點了點頭。

就在陸悍驍另外半顆心即將落地的時候，周喬輕聲說：「陸哥，算了吧……我可能撐不下去了。」

周喬的這句話像根木樁，從陸悍驍的天靈蓋直插腳板心。

呆愣好一陣子之後，他明白過來，這是分手。陸悍驍下意識去抓她的手，語氣驚慌懵懂，「喬喬。」

周喬手往身側收，讓他撲了個空。

「這條路，我很難再堅持了，太難了。」周喬將心裡的委屈一吐為快，不斷重複，「真的太難了。」

陸悍驍呼吸急了，眼神急了，「我保證，以後不會讓我家裡人再來打擾妳。我也不回那住了，妳喜歡哪裡，我就在那裡買房子，就只有我們兩個，行嗎？」

他怕極了周喬這種冷靜自持的模樣，他寧願她歇斯底里地大吵一架，而不是像現在，賞他一個巴掌，拍都拍不響了，「妳不喜歡我家人，我們以後不回去，妳不用跟他們交道往來，一切都交給我，周喬，我不會讓妳受委屈的。」情急之下，陸悍驍什麼山盟海誓都丟了出來，「我以後不再亂說話，我會學著穩重，學著給妳安全感，我不再亂吃醋，我跟妳學長賠禮道歉，我、我……」

陸悍驍找不到說辭了，臉色青一陣白一陣，眼角淡淡的微紅起了個頭，便再也收斂不住了。

「……喬喬，我錯了，妳再給我一點時間好不好？」他不死心，又拉起她的手，把她箍得緊緊，「我們不分手，好嗎？」

陸悍驍每句話都帶著小心翼翼地試探求證，他把自己剖心挖肺地展現出來，就等著周喬軟化感動。

周喬認認真真地聽完，表情沒有一絲起伏。等陸悍驍收了嘴，她才緩緩開口，「和你家人決裂，是嗎？」

陸悍驍：「這些妳不用管，讓我去解決。」

周喬搖了搖頭，「再讓你奶奶進一次醫院嗎？」

陸悍驍怔然，「妳怎麼知道？」很快明白過來，他切齒怒聲，「他們又找妳了？」

周喬抬起頭，對視上他的眼睛。陸悍驍瞬間閉了聲，忐忑地等待她的判決。

周喬說：「這不是重點，陸哥，是我不想再繼續了，我軟弱了，我不想面對你家裡人，我不討他們喜歡，我心力交瘁了，我不想再這麼為難了。」

她把所有過錯都攬在自己身上，也分不清哪句真心哪句假話，心裡只有一個念頭，反正到這一步了，就當是她不夠勇敢吧。

陸悍驍聽了之後，煩躁地左看右看，目光找不到落腳點。他搖頭，「不是這樣的，我們不該是這樣的。」

周喬陷入一種奇怪的情緒，她開始反省這段感情，到最後，她覺得一味地推卸責任，還不如批判自己來得安心。

「你幫助我考試，在我父母把我往外推的時候收留我，你的好我都記著……」

「那妳還跟我分手！」陸悍驍一拳砸向門板，指節清晰地泛起紅腫。

周喬乾脆說：「對，是我十惡不赦，是我不知好歹，陸哥，你以後別再找我這樣的女孩了。」

陸悍驍卻拽住她的手腕使勁往前拽，周喬被迫貼近他的懷裡。

然後吼她：「是不是出了這扇門，我們就是陌生人了，是嗎！」

周喬沉默了一下，竟然點了頭。陸悍驍方才的戾氣全部僵住，看著她堅定的臉龐，這才發現，哪怕他再嚴詞強調，周喬都不會回頭了。

「好，好。」陸悍驍鬆開懷抱，往後退了一小步，「我一輩子沒在誰身上栽過跟頭，周喬，妳厲害，妳真厲害。」

他的聲音晦澀難咽，不死心地再次求問：「妳給我一個星期時間去處理，如果結果不滿意，妳再做決定行不行？」

周喬被他一再追問，覺得再來個兩次，她又要沒出息地動搖了。

於是她狠心地退到屋裡，手放在門板上，這個要關門的動作，讓陸悍驍瞬間崩潰，他衝過去抵住門板，紅透的雙眼像一把沾血的匕首，恨不得將周喬的心挖出來。

陸悍驍的嗓音像被割裂一樣，恨恨地吼她，「是妳先不要我的，記住是妳先不要我的！」

周喬沒吭聲，甚至沒再看他，就這麼關上了門。

陸悍驍跌跌撞撞地進了電梯，出社區上了自己的車，手哆嗦了半天都塞不進車鑰匙，最後他打電話給陳清禾。

陳清禾還在大隊上訓練小兵崽子，趕來的時候，陸悍驍臉色失真，頭枕著椅背半天也不說話。後來又發了瘋一樣要去老地方。

「大爺，求您停一下好嗎？」陳清禾氣喘吁吁地挨了他幾個輪回，陸悍驍連保護器具都沒穿戴，衣服一脫，赤腳空拳地就幹上了。

「哎喲哎喲，靠，說了別打臉！」陳清禾被他逼退到牆角，弄急了，他一腳踹過去，「有事說事，發什麼瘋！」

本以為陸悍驍這麼生猛，肯定會躲開，但這人跟中了邪似的，硬生生地挨住。

陳清禾這一腳的力氣不小，踢的還是他的膝蓋。陸悍驍當即跪在地上，剩右腳屈膝苦苦撐著。

「你不知道躲啊！」陳清禾心裡一跳，趕緊向前，「千萬別亂動，這他媽傷了韌帶了。」

陸悍驍跟木偶似的，不吭一聲也不喊疼，垂著腦袋，把陳清禾弄得膽戰心驚。

「糟糕，莫不是膝蓋連接大腦，被我踹成智障了？」陳清禾試圖扶起他，「哥們，能不能動啊？你再不說話，我就幫你做人工呼吸了啊。」

陸悍驍蹲在那，屹立不倒，陳清禾扶他的力氣越大，他越不肯起身。

「驍兒、驍兒？」陳清禾漸覺不對勁，腦回路一閃，遲疑問：「你是不是，和小喬妹妹吵架了？」

感受到他肌肉突然繃緊，陳清禾如釋重負，果然，他當起了不著調的說客，「女人嘛，讓著點哄著點就好了，哦不對，你應該才是經常被哄的那一個。哥們你聽我的，我……」

話沒說完，陸悍驍借著他肩膀的力氣，整個人力氣抽空。

陳清禾一愣。陸悍驍哭了。男人低沉的啜泣就像丟掉了他無堅不摧的鎧甲，這一刻將脆弱完全暴露。陸悍驍哽咽的聲音斷斷續續了半天。

陳清禾終於聽清了，他說的是：「周喬不要我了。」

過了幾天渾渾噩噩的日子，陸悍驍在公司強打精神，讓自己變得異常忙碌試圖分心。但開會時的走神，朵姐早上拿進來的一疊待簽文件，下班過來拿時，還是空白一片。

陸悍驍坐在皮椅上，唯一滿了的，就是桌上的菸灰缸。

他雖吃喝玩樂樣樣能來，但這幾年，酒桌應酬已經很難請的動他，陸悍驍注意養生，偶爾才會叼根雪茄。

朵姐擅長打小報告，把老闆的異常行為告訴陳清禾。於是，陳清禾當天下午就和賀燃一起殺到他公司，連捆帶綁地將人弄去了一家中醫按摩館。

兩個大老爺們一合計，覺得這裡環境安靜，藥香四溢，泡泡腳，按按摩，聽聽古箏二胡，應該能達到寧心安神的效果。

肩頸按摩的時候，技師稱讚陸悍驍，「陸先生，您的肩頸保養得不錯，通則不痛，穴位按下去，您都沒有異樣感，您左背有幾條紅腫的痕印，等等做肩敷的時候，我幫您避開這裡。」

一旁的陳清禾和賀燃面面相覷，賀燃是過來人，他一看就知道，那是女人指甲抓的。果然，啞口一天的陸悍驍，硬邦邦地突然開口，「我要拔罐。」

技師剛想勸說，被陳清禾一記眼神擋住，陳清禾吩咐，「去吧。」

後來，陸悍驍帶著一背的拔罐印記離開了中醫館。他當然知道，背上的指甲印是和周喬最後一次歡愛時她留下的。他怕再看到和周喬有關的任何事情，他怕看到了會克制不住。

可能也是老天惡作劇，陸悍驍拔完罐的當天晚上，就發起了高燒。也不知是鬱火難散，還是被火罐拔出了毛病，陸悍驍覺得整片背跟燒傷似的，燒得他心口疼。

陸悍驍高燒反覆了一個星期，背後的拔罐印也莫名其妙地發了炎。他住院治療，天天吊點滴嗑藥。公司那邊告了病假，期間，朵姐組織了員工前來探望。帶的慰問品依舊專一，買一送三的老年鈣片，幾大桶不二家的棒棒糖，可以說是老總標配了。

看到這幾個熟悉面孔，陸悍驍刹那恍然。

財務部的老趙，年薪三十萬的祕書朵姐，還有公關部的那個年輕員工。這和上次他吃朝天椒住院時一模一樣。唯一不一樣的，是周喬不在了。

再然後，陸悍驍的病好了出院，入了夏的天氣一天一個溫度，這才六月剛至，地表溫度就破了三十。

陸悍驍出院後回了一趟公寓，他這間公寓買了很久，因為離公司近，成了他日常的落腳點，也是他撿到愛情的地方。

時隔半月沒回來，一開門，沉悶的空氣撲面而來。

也是奇怪，才這麼點時間沒住人，裡頭就跟抽了生氣似的。

陸悍驍把一袋換洗的衣服丟進洗衣機裡，聽到悶悶轉動的機器聲，他站在偌大的房間裡，失神片刻。他走去周喬住過的那間臥室，站在門口半天不敢進去。

周喬用過的書桌、坐過的椅子、睡過的床。陸悍驍一樣樣地掃視，他拉開抽屜，裡面有一些周喬沒帶走的書。書有挺多本，內容也不盡相同。陸悍驍翻了翻，心也跟著紙頁一起翻動了般。

陸悍驍壓抑許久的克制，又破土出一顆希望的小種子。他把這些書都整理好放到一個紙箱裡，齊齊整整地封好。然後蠢蠢欲動的，找到了一個打電話過去的理由。

陸悍驍抖著手按了撥打，等待的短暫空隙，他那顆心萬丈高樓平地起。

但下一秒，機械的系統聲音重覆：『對不起，您撥打的號碼無法接通。』

陸悍驍又打開聊天軟體，把聯絡人列表來來回回看了三遍，終於確定，周喬不在他的列表裡，她把他刪掉了。所以，電話也是拉進了黑名單吧。

自此，陸悍驍終於明白，他的女孩是真的跟他決裂了。

他的高樓，崩塌了。

——《悍夫》未完待續——

高寶書版集團
gobooks.com.tw

YH 118
悍夫（中）
作　　者　咬春餅
責任編輯　吳培禎
封面設計　陳采瑩
內頁排版　賴姵均
企　　劃　何嘉雯

發 行 人　朱凱蕾
出　　版　英屬維京群島商高寶國際有限公司台灣分公司
　　　　　Global Group Holdings, Ltd.
地　　址　台北市內湖區洲子街88號3樓
網　　址　gobooks.com.tw
電　　話　(02) 27992788
電　　郵　readers@gobooks.com.tw（讀者服務部）
傳　　真　出版部(02) 27990909　行銷部 (02) 27993088
郵政劃撥　19394552
戶　　名　英屬維京群島商高寶國際有限公司台灣分公司
發　　行　英屬維京群島商高寶國際有限公司台灣分公司
初　　版　2022年12月

本著作物《悍夫》，作者：咬春餅，由北京晉江原創網絡科技有限公司授權出版。

國家圖書館出版品預行編目(CIP)資料

悍夫/咬春餅著. -- 初版. -- 臺北市：英屬維京群島商高寶國際有限公司臺灣分公司, 2022.12
冊；　公分. --

ISBN 978-986-506-608-6(上冊：平裝). --
ISBN 978-986-506-609-3(中冊：平裝). --
ISBN 978-986-506-610-9(下冊：平裝). --
ISBN 978-986-506-611-6(全套：平裝)

857.7　　111020058